작가정신
소 설 향
0 0 8

호랑이를 봤다

ⓒ 성석제, 1999

· 초판 1쇄 발행일 | 1999년 6월 21일 · 재판 2쇄 발행일 | 2003년 12월 15일

· 지은이 | 성석제 · 펴낸이 | 박진숙 · 펴낸곳 | 작가정신

121-210 서울시 마포구 서교동 362-16 개나리빌딩 5층

· 전화 (02)335-2854 · 팩스 (02)335-2855 · 이메일 jakka@unitel.co.kr

· 홈페이지 www.jakka.co.kr · 출판등록 1987년 11월 14일 제1-537호

ISBN 89-7288-173-2 03810, ISBN 89-7288-092-2(세트)

작가정신
소 설 향
0 0 8

호랑이를 봤다

성석제

작가
정신

인생은 반복이다. 오늘은 어제의 동어반복이며 나는 남의 반복이다. 달라지려고 해도 달라지려는 것 자체가 평범한 게 되고 말며 게다가 그게 힘들기까지 하다. 그런데도 '내일은 내일의 태양이 뜬다'류의 동네 장기 같은 훈수라든가, '소년은 어제와 오늘이 다를 것이라고 생각하며 살았답니다' 같은 딴나라 딴 세상에서나 통하는 위안, '진주는 조개의 아픔 속에 태어난다' 같은 전통 있는 가짜 사탕이 여전히 극성을 부리고 있다.

심심하고 평범하며 한심한 가짜투성이와 부딪치고 맞닥뜨리는 삶의 행로이지만 어느 구석에, 그래, 네 인생이 바로 '그것'이라는, 나아가 '그것'이 바로 인생이라는 존재의 오의奧義, 삶의 비의秘義가 입을 굳게 다물고 있지는 않을까. 가까이 가게 되면 입을 쩌어억 벌리며 어흥, 소리치는 건 아닌지. 돌고 돌다 보면 언젠가는 '그것'을 만날 것이다. 그 순간이 호랑이처럼 나를 잡아먹는다 하더라도 좋다. 그런 생각이 이 소설을 시작하게 만들었다.

:: 작가의 말

소설은 재미있든(보는 입장에서) 즐겁든(쓰는 입장에서) 슬프든(공감한다는 측면에서) 아름답든(순진한 사람들은 모든 소설을 그렇게 본다. 아름답지 않아요, 하고 꿈꾸는 듯한 눈으로 쳐다볼 때 정말 할말이 없어진다) 끝이 있다. 끝이 있다는 것을 느끼게 되면 언제나 힘이 빠져나간다. 이번에는 어떻게 헤어지나. 어떻게 모질게 끝장을 내주나. 그리고 약간 슬퍼지면서 벌써 아득히 멀어져간 친구를 안경을 벗고 바라보는 느낌이 든다. 이런 느낌은 혼자만 가지고 있어야 할지도 모르는데 이번에는 그런 티를 내고 말았다. 그렇게 이 소설은 끝났다.

1999년 6월
성 석 제

차 례

어느 소설가의 시답잖은 이야기

목련 가지의 그늘이 슬며시 발목에 걸쳐진다. 목련은 두 해 전 집을 지을 때 조경을 겸한다는 건축업자에게 부탁해서 마당에 심었다. 심고 난 다음해에는 이사오느라 힘이 들었는지 꽃을 피울 생각을 하지 않았다. 그러더니 그 이듬해에는 북쪽으로 뻗은 제일 높은 가지에 촛불처럼 세 송이의 꽃을 매달아 나를 환장하게 만들었다. 올해에는 동서남북 사방에 가지를 뻗치고 잔뜩 꽃을 매달 차비를 하고 있다. 목련, 개나리, 진달래처럼 잎보다 꽃이 먼저 피는 나무는 한 해 전에 다음해에 꽃 피울 수량을 결정한다고 한다. 그만큼의 영양을 흡수하고 여분으로 성장하며 꽃을 피워 번식을 지향한다는 것이다. 이러니 꽃 피는 나무가 있는 곳에서는 글 따위를 쓰고 있을 수가 없다. 폭포 앞에서 오줌발 자랑하기요, 피라미드 안에서 집안 제사 지내는 격이다. 오, 나무여, 목련이여, 나의 존자尊者여. 나를 굶기시려는 거룩한 섭리여.

이번 여행은 제법 길었던가. 담벽에 대못을 쳐서 매달아놓은 우체통에 우편물이 많이 쌓였다. 편지를 꺼내려는데 우체통 뚜껑에 눈이 간다. 기쁜 소식을 전해주십시오. 이런 글자가 인쇄되어 있다. 그 말의 주체가 누구이고 객체가 누구인지 분명치가 않다. 우체통의 상표인가. 그렇지는 않은 것이 아래쪽에 우체국 표시가 있기 때문이다. 우체통의 주인, 곧 집주인이 바라는 바를 써놓은 걸까. 나는 그런 말을 쓴 적이 없고 그 따위 말을 마음에 들어하지도 않는다. 그렇다면 우체통 제조자가 우체부에게 그렇게 하라고 권유하는 것인가. 그렇게 보는 것이 가장 타당할 것이다. 그러나 여기에도 근본적인 모순이 있다. 기쁜 소식이 아닌 편지는 어떻게 하라는 말인가. 법을 어기고 우편물을 버리라는 것인가. 우체통 제조자가 불법행위를 조장하고 있다 ― 무슨 음모가 있는 건 아닌가. 세상은 만만치가 않다. 명심하자. 내가 노는 동안에도 해가 뜨고 달이 기운다. 그냥 하얗게 비어 있는 것이 마음에 걸려 채워넣은 것뿐이야요. 잡아다 족친다면 우체통 제조자는 그렇게 답변할 것이다. 방심하지 말자. 평범하고 세속적인 겉모습 속에 비의秘意의 비수가 숨어 있다. 쓸데없는 짓 좀 하지 마, 제발. 응? 무서우니까. 그렇게 말하는 나를 생각하다 보니 문득 웃음이 났다. 이래서 우체통 속에 손이 들어갔다 나오는 여행이 평소보다 조금 길어졌다.

가방을 마루에 놓고 편지를 뜯어본다. 원고 청탁서가 둘이다. 매수로 따져 330매 가량. 그 중 하나는 300매 정도 되는 중편소설이다. 서너 달 전에 이미 계약금까지 받았는데 원고 마감이 되니까 확인이라도 하려는 듯, 주소를 꼭꼭 눌러써서 청탁서를 보냈다. 그때 받은 돈은 이미 써버린 지 오래다. 돈을 먼저 받으면 돈 쓰느라 바빠 원고에 통 손을 댈 수가 없다. 그렇다고 원고료를 받지 않으면 사람이 시시해지는 것 같고 책임감이 없어진다. 한 줄도 쓰지 않고 마감을 이틀이나 넘겼으니 어디로 다시 도망가든지 죽어버리든지 해야겠다.

두 번째 청탁서는 낯선 이름의 출판사에서 보낸 것이다. 새로 창간된 곳인 듯한데 150명쯤의 사람에게 '첫사랑'에 관한 글을 받겠다고 한다. 청탁서 아래에 나와 함께 청탁하는 다른 사람들의 명단을 적어놓았다. 흠, 각계각층에서 잘나가는 사람들의 이름으로 꽉 차 있다. TV 화면을 잘 받는 젊은 국회의원에서 원로

시인까지, 그 중간에 연극·영화·방송·디자인·무용·노래·농업·벤처사업가 등등 각 부문의 대표들이 망라되어 있다. 내가 왜 이런 사람들 사이에 끼었는가. 내가 첫사랑이라는 제목의 소설을 몇 번 써서 그런 것 같다. 첫사랑 전문 소설가의 대표인 것이다. 가만히 들여다보니 들어갈 계제가 아닌 나 같은 인물의 이름이 또 있다. 그 중 대표적인 것이 그 출판사의 대표 이름이다. 열다섯 살에서 서른 살까지의 여자, 그 중에서도 아이들이 좋아할 만한 낯간지러운 글을 써서 유명해진 사람인데 이젠 아예 자기가 쓰고 자기가 책을 만들어 팔아먹으려고 나선 모양이다. 그의 전문 분야는 어디일까. 여자? 아이? 낯간지러움? 글? 유명? '세기말의 혼돈을 헤쳐나갈 탁월한 지성, 새로운 천년을 맞아 내일의 한국 지도를 새로 그려나갈 푸르른 감성'을 담은 글을 써달란다. 이런 엄숙한 자리에 미천한 나를 한자리 끼워주시다니. 감격적이지만 나는 갖가지의 음모를 분쇄하고 놀며 도망다니느라 바쁘다.

경찰서에서는 이번에도 무인카메라로 찍은 사진을 보내왔다. 지난번 여행길에서 찍은 것이다. 이번에 찍힌 건 다음에 날아오겠지. 사진 속의 나는 밖에서 누가 무슨 일을 꾸미는 줄도 모르고 뭐가 그리 좋은지 해죽 웃고 있다. 옆자리에 앉은 사람 얼굴은 가려놓았는데 그게 누군지 기억이 나지 않는다. 기왕이면 고지서를 보내는 경찰관의 손이 떨릴 정도로 화끈한 글래머였으면 좋겠다.

마지막 편지는 사단법인 대한민국 대표 명사 인명록 편찬위원회에서 보낸 것이다. 이것도 대표. 내가 잠시 한눈을 판 사이에 대표가 유행을 타기 시작했나 보다. 편지 봉투에 금빛으로 적혀 있는 발신처는 한 번도 들어보지 못한 곳이다. 수신자 주소에 적힌 '좌하座下'라는 낯선 명칭이 눈을 끈다. 흔히 '귀하'가 인쇄되어 있는 자리에, 그것도 한자로 큼직하게 인쇄되어 있다. 좌하라는 말은 초등학교 때 어버이날에 집으로 보내는 편지에 아버지의 이름 뒤에 써보고는 거의 30년 만에 처음 보는 경칭이다. 30년 전의 것이라 해도 잊어버릴 수가 없는 것이 나는 그때 효성이 지극한 짝을 위해 '좌하'라는 한자를 수백 번 연습한 뒤에 편지 봉투의 주소를 대신 써주었기 때문이다.

大韓民國을 빛내시는 代表 名士 강현수 先生任께.

만물이 생동하는 양춘가절에 가내 두루 평안하시고 건강과 행복이 함께하시기를 기원하나이다. (…) 오늘도 변함없이 대한민국의 번영과 발전을 위하여 묵묵히 분골쇄신 노력하시는 좌하의 노고에 본 위원회 일동은 심심한 치하와 격려의 말씀을 드리는 바입니다. 오늘의 대한민국을 만들고 내일의 대한민국의 초석을 놓는 분이 바로 좌하임을 감히 누구도 부정치 못할 것이옵니다. (…)국내 최고의 석학들과 정치·경제·사회·문화를 대표하는 최고의 권위자들이 참가하여 만들어진 본 위원회는 만장일치로 좌하를 본 대한민국 대표 명사 인명록 편찬집에 모시고자 하오니 필히 참여하시어 대한민국 대표 명사의 반열에서 좌하가 제외되는 불상사를 방지해주시기를 앙망하옵니다. (…) 3개월 이내에 인명록이 출간될 예정이오니 시한을 명심하시어 즉시 별첨 용지의 소개서란을 작성하여 회신하여주시기를 바라마지 않사옵니다. (…) 자손만대에 물려질 이 인명록을 출간하는 데 있어서 천문학적인 비용이 들 것으로 예상되오나 본 위원회에서 뜻있는 독지가와 유관단체 등의 협조를 받아 비용의 대부분을 부담할 것이며 편집 제반 실무 비용 가운데 최소한의 비용을 대한민국 대표 명사들께서 부담하시는 것으로 책정하였사오니 아무쪼록 아래에 표시된 계좌번호로 함께 입금해주시옵고 (…) 다시 한 번 좌하께 무궁한 발전과 행복이 함께하시기를 바라나이다.

쌍팔년도에 통했던 사업이었다. 지금은 돌아가신 아버지가 같은 내용의 편지를 받고 심각하게 의논을 해온 적이 있어 잘 알고 있었다. 실무 비용 명목으로 돈을 받아먹고는 날아버리는 수법을 쓰기도 하고 똥종이에 마스터로 인쇄를 하고 시커먼 표지에 금박 글자만 큼직하게 박아서 책값을 따로 우려내기도 했다. 족보 좋아하고 내세우기 좋아하고 양반의식이 일정 수준은 되며 정치적 성향이 높은 이 땅의 사내라면 누구나 잠재고객이 될 수 있는 훌륭한 사업이었다. 그러나 아무리 훌륭한 사업이라 해도 누가 먼저 해서 말아먹을 대로 말아먹은 것이라면 지금 와서는 장사가 되지 않는다. 바로 소설이 그렇지 않은가. 나는 사단법인 대한민국 대표 명사 인명록 편찬위원회의 시대착오에 경의를 표하고 잠시 묵념한 뒤 편지를 집어던졌다.

전국을 한 바퀴 돌아온 끝이라 몹시 피곤했다. 손발을 대충 씻자마자 곧바로 소파에서 잠에 떨어졌다. 서너 시간을 잤을까. 전화벨이 울렸다. 언제 전원을 연결했었는지 자동응답기가 돌아가기 시작했다.

"저는 강현수라고 합니다. 지금은 자빠져 자느라 전화를 받을 수가 없습니다. 용건이 있으시면 메시지를 남겨주십시오."

삐, 하는 소리가 짧게 울리고 나자 수수깡처럼 억센 억양의 사내가 소리를 치기 시작했다.

"아이 씨팔, 돌겠네. 야, 임마. 집에 있는 줄 다 알어. 전화 안 받을래. 지금 때가 어느 땐데 대낮부터 까져 자고 있는 거야. 새끼, 백수가 팔자는 좋구나, 야. 뭐, 지금 없어서 전화를 받을 수 없어? 꼴값 떨고 있네. 나 지금 바로 네 집 앞에 있는데 셋 셀 동안에 전화 안 받으면 형님이 집으로 쳐들어간다. 하나, 둘, 셋……."

나는 더듬거리면서 안경을 찾아 썼고 잠에서 덜 깬 근육을 달래가며 수화기를 들었다.

"또 뭐야?"

시답잖은 소설가의 이어지는 이야기

이용원은 나와 같은 국민학교를 졸업했다. 국민학교, 요즘말로 초등학교 4학년인가에 짝이 된 이후 최소한 한 해에 한 번 이상은 만나면서 같은 행성 위에서 같은 대기를 호흡하고 살아왔으니 친구라고 한다면 거의 30년 친구다.

"새끼. 살아 있었구나. 난 또 굶어죽은 줄 알았지. 삽 들고 송장 치우러 갈까 했다."

"안 그래도 굶어죽을 판이다. 허파 뒤집지 말어. 염병할 놈아."

"너 지금 당장 눈곱 떼고 형님 앞으로 기어나와. 이번에 정말 확실한 아이템을 시작했다."

"또 무슨 사기를 칠려고 그래?"

"야, 이번에는 정말 장난이 아냐. 지금 전국적으로 열화와 같은 성원이 답지하고 있다. 나도 놀랬어. 대한민국의 성인 남녀 모두가 내 고객이란 말이다. 최소한 이천만 명을 상대해야 하는데 내 몸은 하나지, 애들이라고 해야 제대로 하는 놈이 있나. 나 좀 도와줘라. 네가 한 오백만 명만 맡아줘. 이번에 잘되면 백억 줄게."

"열심히 해서 너나 잘 먹고 잘 살아. 나는 굶어죽기 전에 잠이나 실컷 자둘 테니까."

"글쎄, 그게 아니라니까. 이번엔 정말이야. 야, 힘들면 사백만만 맡아줘. 아니 백만 명만. 정말 돌겠어. 돌겠다니까."

그는 몇 달 만에, 혹은 몇 년 만에 새로 연락을 할 때는 언제나 새로운 아이템을 들고 나왔다. 달라지지 않는 것은 '돌겠다'는 그 말. 청년시절 과묵하던 그는 어떤 일을 하다가 참을 수 없을 지경이 되면, 혹은 일이 망가져서 도저히 복구할 수 없게 되면, '돌겠다'고 나지막이 중얼거리곤 다시 처음부터 일을 시작하곤

했다. 그의 일이 점점 범위가 커지고 그 자신이 분망해지면서 그의 '돌겠다'는 바쁘다, 숨이 차다라는 뜻으로 달라졌다. 이어서 '돌겠네, 돌겠구만, 돌아버릴 거야, 돌고 있어, 돌게, 돌지도 모르겠어, 돌면 어떡해, 돌아봐, 돌다 보면 알 거야' 등등의 변용 내지 분화가 나타났다. 그는 지금 다시 돌기 시작한 것이다. 아득한 천체가 돌고 은하가 돌고 우리가 돌고 인생이 돌고 팔랑개비, 물레방아가 돌듯이.

물레방아가 돌던 마을에 사는 어느 노인의 이야기

나는 이 마을에서 80년을 살았다. 80년 동안 단 하루도 동네 밖에서 외박한 적이 없다. 내 아버지가 그랬고 할아버지가 그랬고 증조가 그랬다. 고조는 아흔 살에 돌아가셨다고 하는데 그렇다면 그분은 자손보다 10년 더 이 동네에서 사신 셈이다. 단 하루도 동네를 벗어나지 않고. 내가 어릴 때는 동네 앞 정자나무 곁에 물레방아가 있었다. 물레방아가 돌 때는 산 너머에서도 곡식을 빻으러 왔다. 물레방아는 지금 없어졌지만 우리 동네 이름은 아직 방아실이다. 우리 동네를 명당이라고 한다. 우리 동네에서 마주보이는 산은 호랑이가 누워 있는 형상이다. 그 등성이에 묘를 쓴 사람의 후손 중에 손장군이라는 사람이 있었다. 진짜 장군 벼슬을 지낸 건 아니다. 장군감이라서 장군이라고 부른 것이다. 하루는 손장군이 산 너머 사는 애인이 보고 싶어져서 산을 넘었다. 가는 도중에 갑자기 똥이 마려워서 옷을 가지에 걸쳐놓고 똥을 누는데 무슨 짐승이 꼬리를 치면서 장난을 걸어오는 것이었다. 손장군은 그 꼬리를 확 잡아챘다. 그런데 그 짐승이 엄청나게 무겁고 힘이 세었다. 손장군은 그때 나막신을 신고 있었는데 앉은 채로 얼마나 힘을 썼는지 따각따각 하고 신발 바닥이 부딪치는 소리가 산 아래까지 들렸다고 한다. 그 나막신 자국이 아직도 바위에 남아 있다. 손장군은 그 짐승을 어깨에 걸치고 산을 내려가서 마을 사람들에게 이렇게 말했다. 내가 오다가 개를 한 마리 잡아서 나무 위에 걸쳐놓았으니 가서 벗겨 먹으시오. 동네 사람들이 가보니 그건 산의 임금인 호랑이였다. 지금 손장군의 후손들은 전부 밖으로 나가고 종손만 집을 지키고 있다. 이 마을에서 나서 한번 떠난 사람들은 돌아오지 못하고 객사한다. 객사한 사람을 모셔다가 억지로 묘를 쓰면 그 후손이 해를 입는다. 지금도 마을 안으로 성묘를 못 오고 산 너머에서 절만 하고 가는 후손들이 있다.

아무도 쫓아오지 않는데 저 혼자 쫓겨다닌 청년의 이야기

　스물한 살인가에 나는 고향 쪽으로 튀었다. 버스가 고장나서
걸어가다가 산을 두 개 넘어 간 동네에 물레방아가 있었다. 그
때까지도 물레방아가 돌고 있다면 오지 중의 오지였다. 나는 그
곳에 숨어살리라 작정했다. 천지는 봄이었다. 그냥 봄이 아니라
80년의 봄이었다. 며칠째 학교에서 새우잠을 자고 있는데 계엄
령이 떨어지고 집으로 형사가 찾아왔다는 말을 듣고는 그 길로
도망을 친 것이다. 우연히도 그 마을에는 초등학교 동창이 살고
있었다. 그것도 물레방앗간 바로 옆에 살면서 물레방아를 관리
하고 있었다. 그때 물론 물레방아는 쓸모를 잃었지만. 그래서 물
레방앗간에서 동네 처녀나 만나면서 살아볼까 했던 내 꿈은 사
라졌다. 나는 친구의 집에서 석 달을 붙어살았다. 그의 아버지는
무슨 장군 집안의 종손이라고 했다. 장군 집안의 종손치고 물려
받은 것이라곤 보통사람은 오를 생각도 하지 못하게 앙칼진 산
꼭대기에 있는 산소 몇 개밖에 없었는데 딸을 내리 여섯을 낳고
그 밑으로 아들 셋을 낳아 자식의 머릿수만은 누구 부러워하지
않았다. 그게 다 조상인 장군의 산소를 잘 쓴 덕이라고도 하고
호랑이 모양으로 생긴 산에서 호랑이를 잡아먹은 사람의 후손이

라 호랑이가 복수하느라 찢어지게 가난한 집안에 자식만 잔뜩 던져놓은 것이라고 하기도 했다. 호랑이는 한 번에 새끼를 둘에서 네 마리를 낳는다. 세 마리가 되면 그 중 한 마리는 버리는데 먹고살 만큼 짐승이 많지 않아서 그렇다고 한다. 아홉이나 낳으면 하나 둘까지는 몰라도 나머지 일곱은 죄다 갖다 버려야 한다. 그렇다면 그 장군에게 죽은 호랑이는 새끼깨나 버려본 암호랑이였는지도 모르겠다. 호랑이야 어떻든 내 친구의 집은 한때 최고 열한 명의 식구가 어떻게 살았을까 싶을 정도로 작고 좁아터졌다. 방은 단 두 칸뿐인데 그나마 하나는 창고를 겸하고 있었다. 다행인지 호랑이의 저주 때문인지는 몰라도 그의 형제자매는 가출을 했든, 출가를 했든 모두 집을 나갔고 남은 사람은 그와 그의 부모뿐이었다. 그의 아버지는 노름에 미치기 전까지는 착실한 농군이었다. 물려받은 것 하나도 없이 그 많은 자식을 낳아 기르며 근 이십 마지기의 논밭을 장만한, 그의 동네에서는 입지 전적인 인물이었다. 하지만 자식들이 호랑이 새끼가 자라면 인사도 없이 어미 곁을 떠나는 것처럼 말도 없이 떠나버리자 농사일을 팽개치고 노름에 빠졌다. 그의 아버지는 착실히 심고 거두면 먹고살기에는 충분하나 돈으로 치면 몇 푼 되지 않는 전답을 들어먹고 나서 집안에 있는 돈이 될 만한 물건은 노름판에 갖다 밀어넣었다. 아버지가 들고 나가지 못한 것은 지붕과 벽, 벽에 박힌 못 정도였다. 조상 대대로 지켜온 물레방아도 혹시 노름판에서 받아줬다면 지고 갔을 것이다. 내 친구는 그런 아버지를 경멸하고 싫어했다. 우리는 그의 아버지를 욕하며 그의 아버지 집에서 매일 술을 마셨다. 내 친구의 꿈은 그 마을을 하루빨리 벗어나서 훨훨 자유롭게 사는 것이었다. 내 꿈은 중요하지 않지만, 굳이 말하란다면 똥 누는 장군 앞에서 꼬리로 장난을 거는 호랑이처럼 되는 것이었다. 나중에 집에 찾아온 게 형사가 아니고 세무서 직원이었다는 게 밝혀져서 나는 그 도원경을 떠나게 되었다. 집에 와서는 곧 군대를 갔다. 내 행로 역시 중요하지 않다.

자식이 아홉이나 되는 집안의 장녀가 할 만한 이야기

　내가 괜히 가출을 한 게 아니다. 학교에는 반도 못 가고 죽어라 하고 일만 하면서 국민학교를 마쳤지만, 중학교는 갈 생각도 하지 못했다. 내가 열여덟 살이 되던 해에 어머니가 또 아이를 낳았다. 이번에는 아들이었다. 아무리 바라던 아들이지만 산신령에게 고맙다고 제사를 지내지 않나, 사흘 내리 잔치를 하지 않나. 애는 어머니가 낳았지만 키운 건 나였다. 나는 네 살 때부터 단 하루도 빠짐없이 애들을 업고 안고 있었다. 아들을 낳더니 손도 못 대게 했다. 아무리 부모지만 해도 너무 했다. 그 전에도 인간 취급을 받은 적이 없지만 그땐 그게 그렇게 서러웠다. 그래서 나도 인간이라고 자각을 하게 됐다. 무작정 산을 넘어갔다. 도시로 가는 버스를 탔다. 버스를 그때 처음 타봤다고 한다면 믿을 사람이 얼마나 되겠나. 내가 그랬다. 식모도 하고 공장도 다니고 버스 차장도 했다. 여동생들을 하나씩 불러올렸다. 내가 시집을 가서 애를 낳았는데 어머니가 또 아들을 낳았다는 소리를 듣고는 창피해서 남편한테 말을 할 수도 없었다. 동생들한테도 다시는 가지 말라고 했다. 지금은 다 잘살고 있다. 막내는 나하고 스물다섯 살 차이가 난다. 얼굴도 잘 모르겠는데 찾아와서 재워달라, 용돈 달라 하길래 네 엄마한테나 가서 알아보라고 쫓아보낸 적이 있다.

인생에 통달한 어느 노부인의 이야기

이용원? 이발소인지 미용실인지 모르겠지만 우리 집에 붙어 살던 사람이 있긴 했다. 처음 찾아왔을 때는 어리숙하고 말까지 더듬어서 바보인 줄 알았다. 그때 내 아들은 군대에 있었는데 어머니, 어머니 하면서 아들 친구라고 하더라. 서울에 있는 무슨 회사에 취직이 됐다면서 갈 곳이 없으니 우리 집에 있게 해달라는 것이었다. 그때 우리 집은 방이 많아서 근처 공단에 다니던 사람들 여럿이 자취를 하고 있었다. 처음에는 그 사람들처럼 자취를 하겠다, 월세를 내겠다 하더니 결국 이층에 있는 우리 집 밥상머리에, 내 아들보다 더 자주 앉게 되었다. 내 아들이 하도 팔도 홍길동 짓을 해서 그 사람 집에도 서너 달은 붙어 있었다는 걸 내가 짐작은 했다. 그래서 그만큼은 참아주었다. 그런데 1년 가까이 되도록 집세도 밥값도 내지 않고 물색도 눈치도 없이 붙어 있으니 돈이 문제가 아니라 내가 심장병이 생길 정도로 질려버렸다. 사대육신은 멀쩡해가지고 가정교육은 어떻게 받았는지. 아들이 제대하고 다섯 달이 지나도록 매일 붙어서 술타령이고 노래타령이었다. 내 아들은 그때 학교를 마치지도 않았다. 그 사람은, 이용원이라고 했나, 이발소라고 했나, 남편을 시켜서 간신히 내보냈다. 부모님으로 모시고 평생을 같이 살고 싶다고 울고불고하는 게 정말 볼 만하더라. 누가 저 같은 아들 두고 싶다고 했나. 친구도 수준이 맞아야 사귀는 법이다. 안 그러면 둘 다 사람 버린다. 하나는 바람들고 하나는 수준 낮아져서. 요즘도 그

얼굴만 떠오르면 심란해진다. 하여간 그 넉살은 국가대표 시켜도 될 거다. 돈을 많이 번다니 천덕꾸러기는 면했는지.

대안이 없던 어느 부인의 이야기

남편이 직장을 그만두겠다고 했을 때 나는 도대체 무슨 생각으로 그러느냐고 물었다. 남편은 나와 결혼하기 전에 카세트 테이프를 만드는 공장에 다녔다. 나는 그때 격투기연합회 산하기관인 투견협회에서 일하고 있었다. 그 사람은 말도 못하게 나를 따라다녔다. 나한테는 오빠 같은 협회 사람들한테 맞기도 많이 맞았다. 더 맞으면 죽겠다 싶어서 결혼을 했다. 제일 많이 때린 사람의 아버지가 협회 이사였다. 그분이 주례를 맡아주셨는데 결혼선물로 친구가 경영하는 개인 회사에 취직을 시켜줬다. 그 회사는 국내 굴지의 대기업의 위장 계열사였다. 시골 농업고등학교가 최종 학력인 사람이 취직할 수 있는 회사 가운데 가장 좋은 회사였다. 사장은 그 대기업 회장의 사촌동서로 대기업에서 취급할 수 없는 농산품을 지방 돌면서 수집해서 모기업에 납품했다. 남편도 감자나 고구마 같은 걸 찾아서 전국을 스무 바퀴 이상 돌고 난 뒤에 내근으로 돌았다. 남편은 그곳에서 온갖 일을 다 했다. 그 중에는 사장이 숨겨둔 여자를 만나러 가서 동네 세탁소에 맡겨둔 양복을 찾아오는 일에서 정기적으로 모기업 회장 부인에게 갖다 바치는 돈을 배달하는 일도 포함되어 있었다. 그런데 둘째가 태어나자 병원에 와서 한다는 말이 대뜸 회사를 그만두겠다는 것이었고 삼칠일, 백일이 지나기까지 하루도 빠짐없이 그 말을 되풀이했다. 나도 직장생활을 해봤지만 더럽다면 만사가 더럽고 신경 쓰지 않으면 무엇이든 할 수 있는 게 직장 일이다. 아이를 낳은 사람에게 직장을 그만두겠다는 말이 나오는 사람이 정상인가. 나는 그 말이 나올 때마다 아예 대응을 하지 않았다. 그렇지만 백일 잔치가 끝나고 직장 동료들이 돌아간 다음 상을 치우면서 그런 말을 꺼냈을 때는 순간적으로 대꾸를 하고 말았다.

"도대체 무슨 대책이 있다고 입만 열면 그만두겠다고 그래요. 아까 술상머리에서 회사의 발전 어쩌고 저쩌고 건배하자던 사람이 당신 아니었어요? 제 새끼 백일 잔치에 회사 발전이 뭐예요. 그렇게 충성을 맹세하고서 그만두다니 당신이 제정신이야?"

남편은 내 눈을 빤히 들여다보더니 반문했다.

"그럼 대안이 있어? 내가 회사 그만두지 않고 다닐 대안이 있느냐, 이 말이야. 대안을 내봐봐. 돌아버리겠네, 정말."

팔도 홍길동 이야기

　그 친구가 회사를 그만두었을 때 한창 증시가 활황이었다. 개인 회사지만 6, 7년을 착실하게 근무한 데다 뭔가 구린 데를 알고 있었는지 퇴직금으로 천만 원 이상의 돈을 받은 것 같았다. 그는 그 돈을 몽땅 주식에 때려박았고 하루에도 수십만 원씩 불어나는 자산을 확인하러 매일 증권사 객장에 나가서 앉아 있곤 했다. 어림짐작으로도 두 달 사이에 그 돈이 세 곱은 됐을 것이다. 그때 나는 대학을 졸업했지만 취직이 되지 않았다. 그래서 집에서 눈칫밥을 먹던 참이었다. 이런 이야기는 중요한 게 아닐 거다. 그에게서 연락이 와서 만난 장소가 증권사 객장이었다. 그는 말쑥한 양복 차림에 막 씻은 배추같이 깨끗한 얼굴을 하고 있었다. 점퍼나 걸치고 다니는 허름한 차림의 중년 투자자 사이에 있는데 꼭 증권사 직원 같았다. 그는 한국 증시가 이제야 비로소 시장으로서의 기능을 하게 됐다는 둥, 기업들이 증시에서 손쉽게 자본 조달을 해서 안정적인 성장률을 확보하게 됐다는 둥 하면서 제가 무슨 경제부처 장관이라도 되는 듯이 말했다. 나는 그 친구 덕에 처음으로 요정이며 룸살롱이라는 데를 가봤다. 이건 중요하나? 아닐 거다. 요정이고 룸살롱이고 간에 점퍼 차림의 중

년 사내들이 득시글거렸는데 모두들 매일 가는 곳이 비슷한 것 같았다. 거기서 그는 최근 구상한 사업에 대해 이야기를 꺼냈고 나와 동업을 하자고 제안했다. 듣고 보니 동업이 아니라 동업의 동업의 동업의 조역이었지만. 그 사업이 너무 아이템이 확실하기 때문에 그만큼 하려고 하는 사람이 많다는 것이었다. 그의 첫 번째 동업자는 외판영업에서 꽤나 성공한 사람이라고 했는데 그가 생산한 제품의 판매를 책임지기로 되어 있었다. 나로서는 거절할 이유가 없는 제안이었다. 다음날 무슨 전무라는 직함을 가진 사람을 만났는데 첫눈에 보기에도 전형적인 사기꾼이었다. 그 두 사람이 생산 판매하는 제품은 또 다른 동업자, 곧 아이템을 제공한 사람에게 일정액의 로열티를 지불하게 되어 있었다. 아이템, 로열티 같은 말은 내가 붙여준 말인데 그때마다 그는 내 어깨를 치면서 배운 네가 뭐가 달라도 다르다고 감동하곤 했다. 아이템을 제공하고 로열티를 가져가는 그 동업자는 한 번도 직접 만난 적은 없지만 언론에 자주 등장하는 유명 인사였다. 그는 식품공학 박사라는 타이틀을 걸고 신문 하단의 광고면에 하루가 멀다하고 등장했다. 나중에 알게 되었지만 그 역시 사기꾼이었다. 그때만 해도 아무개 박사 하면 식품공학 분야의 세계적인 권위자로 알려져 있었으니 그런 사람을 동업자로 잡았다면 성공은

따놓은 당상이나 다름없는 것처럼 여겨졌다. 역시 나중에 알게 되었지만 그 박사는 그런 식으로 어리숙한 업자를 끌어들여 로열티를 받는, 그 분야의 박사였다. 하여간 나는 내 또래의 월급쟁이들이 받는 것보다 훨씬 후한 급여와 실제 판매에 들어가서 남는 순익 가운데 일부를 받는 조건으로, 요샛말로는 스톡 옵션을 보장받고 그의 조수역을 맡게 됐다. 순서는 이랬다. 박사는 집에 마누라도 못 보게 하는 케케묵은 책이 있다. 박사가 젊은 시절 일본에서 공부할 때 보던 책이다. 그 책하고 최근의 일본 잡지를 뒤져서 일본 식품학계의 정평 있는 이론을 제 것인 양 들고 나온다. 왜 일본 것만 보느냐 하면 일본말밖에는 아는 게 없기 때문이다. 일본말밖에 아는 게 없다는 걸 어떻게 알았느냐. 그 사람이 쓴 글에 나오는 외래어를 보면 전부 다 일본식 발음이다. 하여간 그렇게 해서 메모지에 적어온 아이템을 가지고 그는 제품을 생산하게 된다. 이처럼 그가 맡은 일은 아주 쉽다. 전무는 자신의 영업망을 동원해서 제품을 판매한다. 이것 역시 쉬운 일이다. 평생 그 일만 해왔으니까. 박사는 광고와 관련 강연, 행사에 무료 출연한다. 박사가 하는 일은 이렇게 많다. 전무는 만들기만 해라, 전 국토를 우리의 제품으로 뒤덮는 건 시간 문제라고 했다. 박사나 전무가 모두 그 분야에서 수십 년을 굴러먹은 베테랑인데 내 친구는 그런 분야에 한 번도 종사해본 적이 없는 데다 세상 물정도 잘 모르는 어린아이 같았다. 나는 그런 친구를 도와서 일이 되도록 해야 했다. 그 친구가 어떻게 자신과 수준이 전혀 맞지 않는 사람들과 만나고 동업까지 하게 됐을까. 언젠가 한번 그는 자신이 유명하고 부유한 사람들의 뒤를 닦아주는 데는 전국적인 수준이라고 말한 적이 있다. 그런 재능이 두 사람의 마음에 들었다는 것이다. 자신이 한 몸을 바쳐 이 사회의 거물들을 유기적으로 연결하는 접착제가 되어 전문 분야에서 최고의 권위를 가진 사람들이 협력을 하게 되었다는 것이다.

어느 경리사원이 중고 전동식 타자기로 정서한 로열티 수입 전문 박사의 추천사

아직도 뱀사탕과 물개를 찾으십니까? 불끈 솟는 힘있는 남성, 스태미나 넘치는 사나이의 세계! 콘드로이틴의 신비한 마력!

민물장어, 청국장, 끓인 생선 국물, 닭고기 수프, 버섯의 끈끈하고 미끄러운 성분, 이것이 바로 콘드로이틴 황산이라는 물질이다. 이 성분은 동물, 식물 가리지 않고 존재하는데 공통점은 자양강장 효과가 으뜸이라는 것이다. 그뿐만 아니라 성인병과 노화의 예방과 치료에 탁월한 효과가 있다는 것이 새롭게 발견되어 학계의 비상한 주목을 받고 있다. 체내에 소화 흡수된 영양분은 혈액에 의해서 몸 구석구석으로 운반되지만 운반된 영양분이 남아돌면 어딘가에 저장되어야 하는데 그 영양분 저장소가 세포와 세포, 장기와 세포, 조직과 기관을 연결하는 결합조직이다. 결합조직은 콜라겐과 엘라스틴 섬유 및 끈끈한 물질로 이루어져 있는데 영양분과 수분을 듬뿍 비축하는 창고라고 할 만하다. 하지만 이 물질은 나이가 들면서 점점 줄어들고 비축 능력도 떨어져 보충해주지 않으면 안 된다. 예전부터 이 물질이 자양강장에 효과가 있다고 알려져온 것은 옛날 사람들이 경험적으로 이 물질이 영양의 보고라는 것을 알고 있었기 때문이다. 콘드로이틴은 요통, 어깨결림, 노안, 갱년기 장애 같은 노화증상을 예방하고 치료한다. 또 혈액 속의 탄성섬유의 붕괴를 억제하고 지질을 감소시켜 성인병의 원인이 되는 동맥경화를 예방 치료한다. 특히 콘드로이틴은 유황의 대사를 개선해서 간의 장애에 탁효가 있으며 해독작용이 대단히 뛰어나다. 류머티즘 증상 질환은 결합조직의 콘드로이틴의 대사 이상으로 나타나므로 콘드로이틴을 섭취함으로써 증상이 개선된다. 특이하게도 예전에는 치료가 불가능한 것으로 여겨져왔던 와우관 장해 같은 난청을 치료하는 데 탁월한 효과가 있다. 또한 요단백, 원주세포, 적혈구 수를 감소시켜 신장염을 비롯한 신장질환을 억제한다. 피부질환이나 개복수술 후의 유착에도 유효한 것으로 나타난다. 장기간 투여해도 부작용이나 습관성이 전혀 없다. 이외에도 야뇨증, 편두통, 각막염, 원형탈모, 피로회복 등에도 확실한 효과가 나타나 그 우수성이 학계에 입증된 바 있다. 이 물질이 많이 들어 있는 식품은 식물성으로 참마, 버섯, 다시마, 순나물, 오크라가 있고 동물성에는 상어지느러미, 자라, 오리껍질, 애저통구이, 생선 조린 국물, 생선눈깔, 장어구이, 닭뼈 수프에 많다. 자라, 미꾸라지, 아귀, 참마, 넙치, 가자미 등은 새삼 설명할 필요도 없는 옛부터의 정력식품이다. 게와 새우의 등딱지에 많은 키틴도 알고 보면 넓은 의미에서 끈적끈적한 물질에 들어가는 것으로 보수성保水性이 특징이다. 이 끈적끈적한 물질을 먹음으로써 결합조직의 노화를 방지하는 것이 성인 이후의 식생활의 지혜로서 필요하다고 생각되어 적극적으로 추천하는 바이다.

— 고개 숙인 남성의 사랑의 묘약
— 술 담배에 찌든 중년의 활력을 위하여

— 쉽게 피곤하고 만사 의욕이 떨어지는 분

— 과중한 공부와 스트레스를 받는 수험생

— 병후 회복기의 환자

— 기력이 떨어진 노인분

— 아라비안 나이트의 황홀한 밤을 가꾸었던 신비한 물질

— 왜 동양의 왕후장상들은 남모르게 혼자만 콘드로이틴을 먹었나

80년대에 출간된 사전에 들어 있는 콘드로이틴 황산의 정의

chondroitin sulfate. 연골軟骨의 주성분으로 알려진 N-아세틸갈락토사민·우론산(글루쿠론산 또는 이두론산)·황산으로 이루어지는 다당류. 피부·탯줄·육아芽 등 각종 결합조직에도 함유되어 있다. 돼지코의 연골 건조중량의 약 40%는 콘드로이틴 황산이다. 우론산의 종류와 황산기의 결합위치에 따라 A, B, C, D, E 등의 형으로 나누어진다. 콘드로이틴 황산 A, B, C의 구조는 반복 단위가 100개 정도 결합한 것으로 생각되어 왔으나, 최근에 반복 단위와 다른 구조도 몇 개 들어 있는 것이 발견되었다. 조직 속에서는 콘드로무코 단백질의 형태로 존재하며 1개의

단백질 사슬에 수십 개의 콘드로이틴 황산 사슬이 결합되어 있다. 주로 연골의 화골화 현상과의 관련 등이 주목되는데, 생체 내에서의 기능은 거의 알려져 있지 않다.

졸지에 콘드로이틴 전문가가 된 사람의 이야기

나는 콘드로이틴에 관한 너덧 매의 문안을 만들어내는 데 녁 달을 들였다. 실제로 박사가 말해준 것은 '콘드로이찡'이라는 말 한 마디뿐이었기 때문에 나는 도서관이며 서점을 찾아다니느라 고생을 좀 했다. 그 사이에 그는 사무실을 열고 사원을 채용하고 집기를 들여놓았다. 그랬으면 문제의 콘드로이틴을 어떤 방식으로 생산하고 포장하며 광고할 것인가를 연구해야 했다. 그러나 그는 그렇게 하지 않았다. 콘드로이틴은 자라에도 있고 녹용에도 있고 장어에도, 다시마에도, 달팽이에도 들어 있었다. 어느 것에서 콘드로이틴을 추출할 것인가. 가령 다시마나 굴에 들어 있는 콘드로이틴을 강조한다면 현재 한창 광고를 하고 판매하는 달팽이와 녹용, 장어와 어떻게 경쟁할 것인가. 그는 그런 생각으로 머리가 벌어지도록 생각을 하고 판단하고 결정지어야 했다. 그러나 그는 그럴 생각이 없었다. 그는 하나뿐인 경리직원의 외모, 월급, 손톱을 뜯는 버릇, 화장실 변기가 새는 문제, 난로의 크기, 창문 블라인드의 색깔 따위의 문제로 하루를 보냈고 어떤 문제에는 이 틀을 할애했다. 어떤 방식으로 가공할 것인가. 예를 들면 드링크로 할 것인가, 분말로 할 것인가, 팩으로 할 것인가, 다른 성분과 혼합할 것인가, 말 것인가. 한다면 인삼, 영지, 음양곽, 오가피, 구기자, 복령, 산약, 천마 같은 한약재를 쓸 것인가. 아니면 우황, 로열젤리같이 일반에게 인지도가 높은 재료를 첨가할 것인가. 다른 드링크처럼 디엘염산카르니틴, 염산 치아민, 염산 피리독신, 시아노코발라민, 니코틴산 아미드, 판토텐산나트륨, 무수 카페인과 섞어서 액체로 만들 것인가. 그는 그런 분야를 연구해야 했다. 그는 그런 연구를 하지 않았다. 자양강장을 초점으로 할 것인가, 허약체질 보완을 포인트로 할 것인가, 산후 회복기의 부인을 타깃으로 할 것인가도 결정하지 않았다. 그때 그는 왜 자꾸 자기 돈만 깨지느냐며 화를 내느라 일주일을 보냈다. 내 월급, 여직원 월급, 사무실 운영비, 식대, 교통비 같은 소소한 금액은 물론이고 제품을 만드는 것도, 광고를 내는 것도, 책자의 제작비며 포장비를 내는 것도 그였다. 한마디로 그는 돈을 대는 물주였다. 다른 두 동업자는 땡전 한푼 내놓지 않고 말로, 권위와 유명함으로 때

윘다. 그는 처음에는 그 돈을 증시에서 조달한 돈으로 메꾸었다. 그러나 일이 진행되면서 증시가 나빠지자 그는 나를 포함한 모든 동업자들을 의심하기 시작했다. 의심하고 곁눈질하고 탐색하느라 두 달을 보냈다. 내가 박사의 정체에 관해 알려준 것도 그의 의심을 부채질했다. 나 역시 간단한 문안만 작성해서 경리직원에게 타이프를 치라고 한 뒤, 나머지 시간은 놀고먹었기 때문에 그의 관심을 나에게서 돌리기 위해서 쉴새없이 다른 동업자들을 헐뜯어야 했다. 결국 그는 두 동업자가 성공했을 경우에 가져갈 몫이 너무 많다고 결정했고 두 사람과 만나 담판을 지으려고 했다. 담판을 하러 갔다 온 다음, 그는 두 사람과는 완전히 결별하게 되었음을 알려주었다. 나는 간이 철렁, 하고 내려앉는 소리를 들었다. 간이 떨어지기 전에 나도 그만두어야겠다는 결심이 확고해졌다. 그 사람들이 도와주어도 될까 말까 한데 아예 떼버렸으니 일이 될 리가 만무였다. 그는 그때부터 외판영업에 관해 배우고 식품영양학의 흐름에 관해 공부하고 비타민, 균식, 소식, 미식, 미네랄, 숯, 다시마, 불포화지방산, 칼로리, 단백질, 활성산소, 식물섬유, 클로렐라, 비피두스 인자, 식초에 대해 한꺼번에 알려고 들었다. 그는 자기가 아니면 이 엄청난 프로젝트가 성립할 수 없다, 두 사기꾼은 땅을 치면서 후회할 것이라고 했다. 그걸 자신에게 확신시키기 위해 수십 일 동안 하루도 빠지지 않고 나와 술판을 벌였고 웅변을 토했다. 한편으로 그는 최악의 상황에 대해서도 대비를 했다. 망하면 탄광으로 갈지, 원양어선을 탈지도 미리 정해두어야 했다. 탄광의 실정, 노동 강도, 숙식 문제도 토론의 대상이 됐다. 원양어업의 전망, 선원의 국제법적 위치, 기항지들의 경기도 얘깃거리가 되었다. 나는 그가 그런 일로 정신이 없는 사이에 조용히 내 신변을 정리했다. 마침 그 무렵에 어느 중소기업에 취직이 되었다. 그 회사는 그때 막 선풍이 불기 시작한 비디오테이프를 복제해서 납품하는 회사였다. 그때 그와 만났던 다섯 달 동안 가장 성공적이었던 것은 그와 별 탈 없이 헤어진 것이었다. 나중에 그는 무슨 상무의 허풍에서 배운 대로 사람을 모아들였고 인지도에서는 무슨 박사보다 못하지만 광고 출연료는 제법 높은 무슨 박사의 보증서를 급히 받았던 것 같다. 그는 또 자신보다 어리고 돈이 있는 젊은 동업자를 끌어들여 영업을 시작했다. 아니 시작하려는 단계에서 자빠졌는지도 모른다. 그는 최후의 수단으로 동업자를 속여서 본전이라도 건지려고 했다. 그러나 그 동업자는 그보다 훨씬 영리하고 미끈거렸으며 끈질겼다. 결국 그는 몸만 빠져나올 수밖에 없었다. 그리고 첫 번째 부도를 내고 어디론가 도망갔다. 그때 내가 작성한 문안은 달팽이, 녹용, 다시

마, 장어, 버섯 등등의 광고에 계속 인용이 되면서 돌고 돌았다. 어떤 때는 다시마가, 어떤 때는 녹용이, 어떤 때는 자라, 달팽이, 장어 엑기스가 돌아가면서 인기를 끌었다.

부도난 남편 덕에 부도를 면한 부인의 이야기

　남편이 10년 가까이 잘 다니던 멀쩡한 회사를 그만두고 퇴직금이라면서 내게 갖다 준 돈은 고작 300만 원이었다. 그걸로 사업이 본궤도에 오를 때까지 1년을 살라는 것이었다. 내가 돈을 벌 테니 당신이 그 돈으로 1년 아니라 석 달만 살림을 꾸려보라고 했다. 그랬더니 백지 다섯 장에 빽빽하게 쌀값, 부식비, 우유값, 전기료, 전화료 같은 생활비 항목을 적어와서 이대로만 하면 되지 않느냐고 윽박질렀다. 그러면서 쌀은 시골에서 오고 있으니 쌀값은 비상금으로 남겨두었다가 혹시 병원에 갈 일이 있으면 쓰라고 인심을 쓰는 척하는 것이었다. 기가 막혀서 말이 나오지 않았다. 남자가 밖에서 일을 하려면 자금이 필요하다는 말은 이해한다. 집에서 쥐가 병아리 살 뜯어가듯 가져가버리면 시작하기도 어렵다는 말도 이해한다. 그렇지만 최저생활을 할 수 있게 해줘야 하는 게 아니냐. 다행인지 불행인지 남편은 사업을 시작해서 6개월 만에 부도를 냈다. 그래서 나는 300으로 6개월만 살림을 꾸려도 되었다. 남편이 부도를 내던 날, 시장에 갔다 오니 남편이 대낮부터 술을 마시고 들어와서 자는 아이를 들여다보며 울고 있었다. 아니, 사업이 망한 거지 사람이 망한 거예요? 도대체 왜 그래요, 당신. 당신이 그러면 우리는 어떻게 살란 말이에요. 남편은 울먹이며 무섭다고 말했다. 뭐가요, 도대체 뭐가 무서워요. 이렇게 평화롭게 자고 있는 우리 애기가 무섭다니요. 남편은 다시 말했다. 아가야, 미안하다. 나는 네 우유값이 무섭단다. 나는 소리를 질렀다. 여보, 내가 책임질게. 내가 책임질 테니 당신은 자유롭게 무엇이든 해봐요. 이제 잃을 건 아무것도 없잖아. 이것보다 더한 행복이 어디 있어. 우리는 그날 껴안고 밤새도록 울었다. 다음날 남편은 일단 광산에 들렀다가 안 되면 원양어선을 탈 거라면서 집을 나갔다.

구남매 자식 농사를 지은 어느 아버지의 이야기

자식 농사라고 9남매를 지어놓았더니 맨 허탕, 똥탕이다. 맏

딸은 스무 살도 되기 전에 가출해서 이제까지 한 번도 온 적이 없다. 둘째는 맏이가 불러서 올라가고 셋째, 넷째는 둘이서 계속 불러올려서 공장에 취직을 시켰다 어쨌다 하는데 다른 애들은 언제 집을 나가서 어떻게 사는지도 잘 모른다. 내가 사실 딸애들 교육은 많이 못 시켰다. 또 마누라 말하는 대로 한때 노름에 빠진 것도 사실이지만, 평생 살면서 실수 한 번 안 하는 사람 있느냐. 난 계집질 안 하고 술 안 먹고 담배도 안 한다. 못 먹고 못 한다. 그렇게 살다 보면 자연 한 번은 크게 휘청할 때가 있는데 마누라고 자식들이고 너무 이해를 안 해준다. 다 자기들한테 어떻게 해주기를 바라지 내가 어떤지에 관해서는 전혀 신경을 안 쓴다. 이것이 이기주의가 아니고 뭐냐. 하여간 막내가 제일 효자다. 직장생활 할 때 매달 얼마씩 사실 얼마 안 되는 돈이지만, 담배 사 피우고 술 먹으라고 보내줬다. 며느리나 제 어미도 모르게. 그래서 내가 동네 머슴 노릇을 하면서까지 양식을 구해서 먹으라고 올려 보내줬던 거 아니냐. 그 애가 쫄딱 망해서 집으로 왔을 때 내 앞으로 되어 있던 거 뭐냐, 문전의 옥답은 없었다마는 대문에서 훤하게 올려다보이는 산꼭대기 조상 산소가 있는 땅을 내줬다. 남 눈에는 아무것도 못 할 악산으로 보일지는 몰라도 우리 집안의 선조이신 장군님 산소가 거기 있다. 한 귀퉁이는 내가 묻힐 땅이 있었다. 그거 국유지라고 하는 사람도 있는데 엄연히 사유지다. 장군님 생전에 넘어다니던 길하고 누워 계신 곳 일대가 우리 땅이다. 왜 아니냐. 고을 현감들이 갈릴 때마다 장군님한테 인사를 왔는데. 문서는 없어도 세상이 다 안다. 막내가 내려와서 한 일주일 방 안에 엎드려 있었는데, 그러다가 한 번은 산에 올라갔다 오더니 흑염소를 키워보겠다고 하더라. 그거야 제 맘이지만 나한테는 그 산말고는 일전 한푼 보태줄 게 없었다.

염소 치는 사람에게 바가지를 쓴 어느 월급쟁이의 이야기

사업을 하다가 말아먹고 토꼈다는 말을 듣고 다시 그를 만난 건 3년 만이었다. 그 사이에 그는 몰라보도록 변해 있었다. 얼굴은 새카맣게 그을렀고 사십대처럼 주름살이 졌다. 누더기에 가까운 점퍼, 엉덩이와 무릎 부분이 닳을 대로 닳아서 풍덩해진 양복 바지를 입고는 폭이 한강처럼 넓고 길이는 손바닥보다 짧은 넥타이를 맸는데, 수위까지 이상한 눈길로 쳐다보았다. 정작 이상한 것은 몸에서 풍기는 역겨운 누린내였다. 그는 그 냄새를 우두머리 숫염소의 냄새라고 했다. 염소들은 무리를 지어 사는데 숫염소 가운데 무리를 이끄는 우두머리가 생긴다. 우두머리는 단시간에 나이 든 모든 암놈을 능가하는 뿔과 체구, 위엄을 가지게 되는데 우두머리가 되어서 그러는 건지, 우두머리가 되기 위해 급속하게 자신을 변화시키는 건지 잘 알 수 없다. 산에서 야생으로 자라는 어미 염소들은 보모 역할을 바꾸어가면서 교대로 풀을 뜯는다. 풀을 뜯는 장소는 평평하고 풀이 많은 대신, 맹수의 위험에 노출되기 쉽다. 요즘 세상에 맹수가 어디 있느냐고 묻는다면 염소를 훔쳐가는 도둑놈, 염소를 팔아먹으려는 사람이 바로 그 맹수라고 하겠다. 새끼는 보모의 보호 아래 보기에도 아찔한 벼랑에서 노는데 실제로는 그곳이 맹수로부터 안전한 곳이다. 염소는 다른 새끼에게는 절대로 자기 젖을 주지 않는다. 염소는 1년에 두 번, 한 번에 두세 마리의 새끼를 낳는다. 그러니까 암염소는 일생을 새끼를 기르거나 새끼를 밴 채 산다고 보면 된다. 염소는 생후 3, 4개월이면 번식을 할 수 있다. 수놈은 총각을 면하고 무릎에 굳은살이 생기기 전, 그러니까 100일을 전후해서 약으로 하기에 가장 적절한 상태가 되는데, 그런 염소를 백일 염소라고 한다. 흑염소는 아무거나 잘 먹고 병이 거의 없으며 험한 산에서도 잘 자란다. 흑염소는 보신탕보다 더 뛰어난 보양 효과가 있고 조리를 잘하면 누린내가 절대 나지 않으므로 여자들도 거부감 없이 먹을 수 있다. 흑염소의 검은색은 오행五行의 물을 의미하고 물은 곧 신장과 관련이 있으며 신장은 생식 기능과 직결된다. 명심보감에는 염소고기가 속을 따뜻하게 하고 심방을 안정시키며 산후병에 특효가 있고 본초강목에는 흑염소 고기가 원양元陽을 보양하며 허약체질을 낫게 하며 강정보약이 된다고 기록하고 있다. 불행히도 동의보감에는 염소에 관해서 아무 언급도 없는 것 같다. 해발 700미터의 장군산 산간지역에서 직접 사육한 염소를 원료로 하여 녹용, 대추, 당귀, 천궁, 계피, 두충, 감초, 맥아, 숙지황, 영지 등을 배합하여 현대식 자동설비에서 중탕한 제품으로서…… 쉽게 말해 그는 내게 염소 육골즙을 판매하러 온 것이었다. 나는 그날 바가지를 써서 3인분이나 샀다. 시간을 아랑곳하지 않고 늘어놓는 그의 장광설이나 남의 눈치를 보는 것도 힘이 들었고 무엇보다 그의 냄새를 견딜 수 없었다. 나는 흑염소 육골즙을 평소에 가장 사이가 좋지 않던 상사에게 바쳤다. 하나는 집에 가져가서 마누라에게 주었다. 그날 나는 그를 먹는 꿈을 꾸었다. 팩 속에 그의 눈알이 떠 있었고 불알이 말을 걸어오기도 했다. 끔찍했다. 내 말이 이해가 안 되거든 그 냄새를 한번 맡아봐라.

진짜 약이 되는 흑염소에 관한 신문 기사 /

세계에서 가장 비싼 약을 생산하는 살아 있는 공장, 흑염소

현존하는 물질 중 가장 고가의 물질은 무엇일까. 백금? 다이아몬드? 아니다. 무게로 쳐서 가장 고가의 물질을 꼽으라면 의약물질인 사람 백혈구 증식인자(G-CSF)가 단연 으뜸이다. G-CSF는 그램당 가격이 11억 원, 1회 주사분($300\mu g$)이 34만 원가량이며 세계시장 규모가 연간 12억 달러, 국내시장도 150억 원에 이르는 것으로 알려져 있다. 사람 백혈구 증식인자는 몸 안에서 피가 만들어질 때 백혈구 증식을 위해 소량 분비되는 생리활성물질로 백혈병 환자의 골수이식이나 암환자 화학요법 등으로 백혈구가 급격히 줄어들 때 투여하는 의약품으로 사용된다. 현재 미국과 일본 제약회사들이 세계시장을 독점하고 있는 가운데 토종 흑염소를 이용해 G-CSF를 생산할 수 있는 방법이 국내 연구진에 의해서 개발됐다. 과학기술원과 유전공학연구소 연구팀은 지난해 3월 초 H약품과 공동연구로 탄생시킨 형질전환 흑염소 머니가 지난 1월 임신에 성공, 새끼를 낳을 예정이라고 밝혔다. 머니가 염색체 내에 G-CSF 유전자를 가지고 있는 것은 확인됐지만 젖 속의 G-CSF가 경제성이 있을 만큼 다량 함유돼 나오는지는 머니가 새끼를 낳은 후에나 알 수 있다. 머니의 젖에 G–CSF가 다량 함유돼 있는 것이 확인되면 머니는 국내 생명공학 사상 처음으로 고가의 의약물질을 경제적으로 대량 생산하는 '살아 있는 약품공장'이 된다. 연구팀 관계자는 "머니가 G–CSF 유전자를 가지고 있기 때문에 젖에 G–CSF가 함유돼 있을 것은 분명하지만 문제는 그 양이 얼마인가"라며 "젖 1리터당 G–CSF가 1그램 이상 들어 있으면 경제성이 충분할 것"이라고 말했다. 연구소는 머니가 새끼를 낳으면 바로 젖에서 G–CSF를 정제할 수 있는 시설을 이미 갖춰놓았으며 정제된 G–CSF로 동물을 이용한 독성 및 효능 실험 등 전 임상실험을 하고 내년부터는 본격적인 임상실험에 들어갈 예정이다. 머니는 보통의 흑염소를 교배시킨 후 암컷에서 수정란을 채취하고 여기에 사람의 G–CSF 유전자를 미세 주사기로 삽입시킨 다음, 이 수정란을 대리모가 될 흑염소의 자궁이나 난관에 착상시켜 태어났다. 연구팀은 머니 1, 2호와 앞으로 태어날 G–CSF유전자를 가진 형질전환 흑염소 가운데 젖의 G–CSF 함량이 높은 것을 선발, 고부가가치 생리활성물질을 경제적으로 생산할 수 있는 '생물공장'을 육성할 계획이다.

어느 식용 동물 유통업자의 이야기

나는 기독교 신자가 아니지만 마누라가 교회를 나가고 〈십계〉라는 영화도 여러 번 봤기 때문에 모세를 알고 있는데, 처음 봤을 때 이씨가 꼭 모세 같았다. 미끄러지기만 하면 작살날 것 같은 절벽 위에 지팡이를 짚고 서 있는 모양이. 이씨가 서 있는 산 아래에는 어리석은 백성이 만든 황금 송아지말고 흑염소들이 뛰어놀고 있었는데 이씨가 매에, 하고 소리를 지르면 염소들도 매에, 하고 따라하는 게 꼭 무슨 교회 합창단 같았다. 이씨는 처음 나를 보고는 개장수라고 불렀다. 나는 개장수가 아니라 공급처의 개를 수요처에 배달하는 전문 유통인이다. 더구나 개만 배달하는 게 아니라 뱀이나 닭, 돼지도 배달한다. 이씨는 내가 '개장수' 하고 부르는 소리를 못 들은 척하고 개를 묶고 있는 동안, 나같은 전문가는 개 한 마리 처리하는 데 10초도 안 걸린다, 날아서 왔는지 돌아서자 내 앞에 서 있었다. 나는 지금까지도 그렇게 산을 잘 타는 사람을 만난 적이 없다. 이씨는 자기네 염소를 개소주 하는 데 데려가서 중탕을 만들 수 있느냐고 물었다. 나는 돈만 주면 중탕에서 산 염소도 꺼내올 수 있다고 대꾸해줬다. 그래서 이씨를 알게 됐는데, 나중에 알고 보니까 이 사람이 진짜

이스라엘 백성을 이끌고 산 넘고 물 건너는 모세 같은 사람이었다. 백성은 흑염소고. 이씨는 흑염소를 차마 자기 손으로 잡을 수가 없어서 나한테 부탁을 하는 거라고 했다. 이것만 봐도 이씨는 진짜 독한 사람은 아니다. 그 다음에도 이씨는 같은 부탁을 했고 나중에는 내가 중탕집을 소개해줬다. 결국은 둘이 오토바이를 나란히 하고 식용 동물을 배달하게 됐다.

망하고도 말이 많은 오리 회사 공장장이
산꼭대기에 있는 공장 정문에 써붙인 사과문

이유야 어떻든 우리 회사에서 부도를 낸 것에 대해 종업원 여러분, 주주 여러분, 그리고 선의의 채권자 여러분께 깊이 머리 숙여 사죄드립니다. 오리를 통해 국민건강에 이바지하고 기업의 사회적 책임을 다하자는 다짐은 한줌의 물거품으로 돌아갔습니다. 하지만 오리는 버릴 것이 하나도 없는 완벽한 가축이라는 사실은 결코 변함이 없습니다. 오리의 털은 다운 재킷의 원료로 최고의 보온성을 자랑합니다. 오리의 피와 고기는 중금속과 농약에 찌든 우리의 몸을 해독하고 정화하는 데 비할 바 없는 효능이 있습니다. 오리알은 완전식품으로 영양의 보고입니다. 오리의 기름은 불포화지방산으로 동맥경화를 예방·치료합니다. 그뿐입니까. 오리의 뇌에는 기사회생의 영약을 만드는 한방 원료가 들어 있습니다. 하다못해 오리의 혀까지 태워서 치질에 바르면 탁월한 효과를 나타냈습니다.

우리는 오리를 믿었습니다. 소비자를 믿고 우리의 신념을 믿었습니다. 그러나 이 시대가 아직 오리와 오리와 관련한 유망한 사업을 받아들이기에 인색한 것 같습니다. 안타까운 것은 이렇게 훌륭한 오리, 오리의 문화가 채 성숙하기도 전에 우리가 실패했다는 것입니다. 그렇습니다. 분합니다. 혀를 깨물고 죽고 싶은 심정입니다. 하지만 오늘의 실패를 거울로 삼아…….

하루 저녁에 오리라는 말을 오백 번 들은 월급쟁이의 이야기

느닷없이 커다랗고 노란 주둥이를 한 오리가 뒤뚱거리는 조잡한 팸플릿을 들고 나타난 그 친구는 우리가 함께 걷는 40여 분의 시간 동안 쉬지 않고 음식점을 돌며 팸플릿을 돌렸다. 마침내 마지막 한 장까지 다 돌리자 만족한 얼굴로 저녁이나 사달라고 했다. 그는 내가 점심시간에 단골로 가는 음식점에 데리고 가자 큰 소리로 오리 요리를 찾았다. 거긴 18년 동안 따로국밥하고 해장 국만 팔아온 집이었다. 주인이 오리 같은 건 없다고 하자 그는 왜 없느냐고 대들었다. 그리고 주인이 대답할 틈도 주지 않고 오리가 일반 사람들에게 오해받고 있는 것과는 달리 얼마나 완벽한 식품인가, 오리의 콜레스테롤 수치는 얼마인가, 오리 한 마리가 식품산업과 국민경제에 미치는 파급 효과가 얼마나 큰가에 관해 침을 튀기기 시작했다. 난 도저히 말릴 생각도 하지 못했다. 말릴 이유가 없는 구경꾼들은 실실 웃으면서 그의 주위에 조금씩 모여들었고 느닷없이 '위대한 오리 문화'의 방해자가 된 주인은 얼굴을 찡그린 채 그의 이야기가 끝나기만을 기다리고 있었다. 그는 그 다음으로 내가 자주 가는 식당에서도 같은 짓을 되풀이했는데 그 집은 삼계탕으로 장안에 유명한 집이었다. 내가 차라리 저녁보다는 컬컬한 목을 풀어줄 생맥주나 한잔 하자고 끌고간 생맥주집에서도 같은 짓을 되풀이한 다음에야 씨근거리며 자리에 앉았다. 그 생맥주집의 주인은 독일에 맥주 유학까지 갔다온 사람인데 전국에서 두 번째로 맛있는 생맥주를 판다는 간판을 내걸고 있었다. 그 집의 안주 중에 훈제족발이 유명했는데 주인은 맛있는 훈제족발을 만들기 위해 직접 농장을 운영

하고 있었다. 나는 오리가 아무리 좋아도 그렇지 가는 데마다 그렇게 시비를 걸고 협박을 해가지고서야 어디 한 마리라도 팔겠느냐고 걱정을 하는 척했다. 그러자 그는 탁자를 쳐가면서 무지한 인간들은 때려서라도 가르쳐야 한다, 그래서 서당개가 3년 만에 풍월을 읊는 게 아니냐고 말했다. 그때 마침 그 집에서 자랑하는 훈제족발과 부추김치가 날라져 왔다. 그러자 그는 그 맛있는 생맥주를 한 모금도 마시기 전에 훈제오리가 얼마나 맛있는가, 북경의 오리요리가 세계 요리경연대회에서 3회 연속 우승한걸 아는가 모르는가, 부추보다 훨씬 강력한 해독, 강장 효과를 가진 오리를 왜 먹지 않는가라며 침을 튀겼다. 나는 지겨워서 그저 듣고만 있었다. 그는 오리를 대량으로 사육 공급하던 회사가 갑자기 망한 뒤, 그 회사에서 납품 대금 대신 오리 가공설비를 입수한 사람들과 새로운 사업을 시작했던 것이다. 그는 모든 생맥주집의 안주로 오리가 훈제족발보다 훨씬 더 어울린다고 주장했다. 생맥주와 오징어, 오징어와 땅콩의 관계처럼 생맥주와 오리의 새로운 동반 관계가 시작되었고 시작되어야만 한다는 것이었다. 그는 또 소주 안주로 오리탕이 얼마나 잘 어울리는 것인가 이야기했다. 오리의 앙가슴에 있는 부드러운 살은 횟집의 별미로 사람들의 열렬한 애호를 받을 것이고, 오리의 물갈퀴 달린 발은 포장마차에서 닭발을 밀어내고 꽁치를 밀어내고 심지어 어묵이나 국수까지 밀어낼 것이라고 예언했다. 나는 누군가에게 네가 3년 전에 미꾸라지인지, 달팽이인지를 팔다 망해서 그동안 흑염소를 키웠다고 들었는데 그 달팽이며 흑염소들은 모두 어떻게 했느냐고 물었다. 놀랍게도 그는 달팽이나 흑염소가 어디로 갔는지 모르는 것은 물론, 달팽이나 흑염소가 어떤 효능을 가지고 있는지에 관해 두 가지도 기억하지 못했다. 그의 결론은 지상의 그 어느 가축, 물고기, 안주, 요리도 오리에 비하면 쓰레기나 다름없다는 것이었다. 나는 그때 재수없게도 회사에서 창립 기념으로 나눠준 오리털 점퍼를 입고 있었다. 그래서 가슴털, 목털, 깃털, 속털에 관해서 줄기찬 강의를 참고 들어야 했다. 나중에 연락을 해보니 서울에 직장 다니는 친구 가운데 대부분이 나와 똑같은 처지가 되었다고 한다. 하여간 그 열의는 알아줘야 한다.

전국에서 두 번째로 맛있는 생맥주집 주인이 하는 이야기

진짜 맛있는 생맥주는 어디서 나오느냐 하면, 바로 원칙에서 나온다 이 말입니다. 생맥주는 우리 몸에 유익한 균이 살아 있는 우수한 발효식품입니다. 균이 살아 있으니까 산화되고 부패하기 쉽지요. 그래서 생맥주를 만드는 회사에서는 생맥주를 취급하는 방법에 대해 매뉴얼을 줍니다. 잔을 어떻게 해라, 거품을 어떻게 해라, 온도는 어떻게 해라…… 그대로 하면 됩니다. 시키는 대로 하지 않으니까 문제가 생기는 거지요. 한 가지만 이야기할까요. 맥주는 기본적으로 차가운 음료입니다. 안주를 선택할 때 뜨거운 건 빼야 합니다. 과거에는 통닭하고 생맥주를 많이 팔았지요. 좁아터진 공간에 닭튀김 하는 솥하고 생맥주가 같이 있으니까 아무리 해도 생맥주의 온도가 올라가고 권장하는 적정 온도를 유지할 수가 없지요. 그래서 그 체인이 어떻게 되었습니까. 망했지요. 한 집 건너 있던 그 유명한 체인이 망했다는 겁니다.

식용 동물 유통업자 부인의 이야기

남편은 진짜 토종닭만 취급했다. 흑염소를 취급할 때 양고기를 흑염소 고기라고 속여서 중탕을 한 사람들 때문에 남편도 같이 끌려가서 고생을 많이 했다. 그때부터 먹는 건 절대 가짜를 취급하지 않는다. 남편은 토종닭을 찾아 전국을 누비고 다녔다.

토종닭이 낳은 달걀을 구해 한꺼번에 수천 마리씩 부화를 시켜 농장에서 위탁 사육을 했다. 닭은 오리를 하다 뜨거운 맛을 본 다음에 시작했는데 혼자 하는 거라 불안할 수밖에 없었다. 그래도 근교에서 가든이라고 간판을 단 집마다 토종닭을 다 취급하는 것 같아서 마음이 좀 놓였다. 토종닭의 육질은 약간 질긴 듯하면서도 쫄깃쫄깃하다. 우리 땅에서 나오는 우리 종자이니 당연히 우리 몸에 맞는다. 우리식으로 요리를 하면 양계장에서 나온 폐계와 방생하는 토종닭의 차이는 금방 드러난다. 닭요리는 기름을 떼내면 콜레스테롤과 지방이 낮아서 안심하고 먹을 수 있다. 다 남편이 가르쳐준 이야기다. 그런데 토종닭이라는 이름이 너무 헤프게 쓰이는 것 같다. 차림표에 토종닭이라고 씌어 있고, 먹기 전에 분명히 토종닭이냐고 묻고, 심지어 잡는 것까지 확인하는데 먹어 보면 토종닭이 아닌 경우가 있다. 토종닭을 가지고 와서 잡는 척하면서 목을 살짝만 비틀어도 훈련이 되고 버릇이 든 닭은 죽은 척 바닥에 드러누워 발을 치켜든다. 대부분의 사람들은 살벌한 주인의 표정을 보고는 피를 보기 싫어 안으로 들어가버린다. 이때 주인은 닭을 깨워 산으로 놓아보내고 시장에서 사온 값싼 양계장 출신 폐계를 솥에 안친다는 것이다. 이래서 사람들이 믿지를 않으니까 토종닭에 이름이 많다. 토종닭, 시골닭, 촌닭, 산닭, 조선닭······.

아기족을 취급한 술집 주인 이야기

　나 참, 술집 이십 년에 그런 식으로 무작스러운 사람은 처음 봤
당게요. 자기가 와서 애걸복걸해서 훈제오리를 안주로 넣어준 게
언젠데, 이번에는 애기족을 하랑게 사람이 헷갈려도 보통 헷갈린
다요. 애기족이 거 뭐시냐, 그랑게 도야지 새끼족발을 말하는 갑
데요, 잉. 쪼깐한 게 귀엽게 생기기는 했으라. 이름만 들어도 귀
엽잖소. 글안혀도 여름 타면서 오리가 하도 안 나가서 나중에 겨
울이나 가서 보자고 그만 받을라던 참이었는디, 애기족을 한 부
대 들고 와서 샘플이니까 깔아보라고 안 합디여. 술집 하루이틀
할 것도 아니고 계속 공급을 해주면 모를까, 지금 잘 팔리고 있는
안주를 제끼고 놀 필요는 없죠, 잉. 그랬더니 그 사람이 양은 걱
정 말라고 함시롱 두 컨테이너나 수입했다 합디다. 두 컨테이너
면 돼지새끼 다리만 몇 만 족이 들었겠소. 외국에서는 족발을 안
먹는답디다. 사료로 쓰거나 쓰레기로 치워야 하는디 그런 걸 가
져오니 거의 공거나 마찬가지겠지요, 잉. 그란디 말이요. 막상 그

걸 내놓게 손님들이 먹들 않으오. 빨그레한 게 통통해서 얼마나 쟁그라운지 말이요. 그렇게 이쁜 걸 어치케 먹겠소. 결국 그 사람 그것 때문에 망했다고 합디다. 수입허가 내야지, 관세에 냉동창고료 물어야지, 먹을 사람 찾아댕겨야지, 감당이 될 리가 없지라. 그런 사람들 하도 많이 봐서 지겹지도 않아라. 그런데 한 가지 신기한 건 있소. 그렇게 망하고도 자기 잘못으로 망했다는 사람은 없단 말이요. 그 사람은 특히 중증이요. 자그가 왜 망했는지 전혀 몰라. 어디로 갔는지는 난 모르요. 살생을 많이 했으니 절에나 가서 빌고 있는지도 모르겠소. 장사도 봐감서 하는 법이요. 염라대왕 장부에는 올라가지 말아야제. 사람이 착하기는 했는데.

잘나가는 장사 컨설턴트 박대통 소장의 이야기

생명체는 누구나 거래를 합니다. 식물, 동물, 심지어 광물과 바다, 산조차. 우리 몸의 세포 하나하나도 피에 노폐물을 내어주고 영양분을 받아들여 생존합니다. 그 대가로 몸을 구성하는 거지요. 이렇다 보니 세포의 조직인 우리는 세포처럼 늘 무엇인가를 다른 세포조직과 주고받지 않을 수 없습니다. 산 속에서 평생 혼자 사는 수도자라고 할지라도 자연과 거래를 합니다. 먹고 내놓고 다시 먹고 호흡합니다. 거래 그 자체인 장사는 인간이 존재하는 한 영원한 아이템입니다. 장사를 처음 시작하는 사람들은 혹시 이 일이 남들에게 비웃음을 사는 일이 아닐까 걱정합니다. 손님이 와도 부끄러워서 제대로 거래하지 못합니다. 인간이 어떤 존재인가에 대한 자각이 없는 것입니다. 장사는 결코 부끄럽거나 천하거나 유난히 훌륭하고 보람찬 일, 이 중 아무것도 아닙니다. 거래가 가장 고도화된 제도와 형태, 이것이 장사입니다. 마음을 바꾸십시오.

도시에 사는 자식의 아이를 맡아 기르는 노인의 이야기

서울에서 먹고살기 힘들다는 건 알지마는, 그래도 며느리라고 하는 게 시골 사는 늙은이들 생각을 한 번쯤은 해야 하는데 숫제 웬수야. 새끼들까지 데려다놓고 늙은이들 시집살이를 시키면서 돈 주는 날 빼면 전화 한 번 하지 않으니 그럴려면 저희는 뭐하러 자식이라고 나왔으며 제 자식은 뭐하러 낳았나. 이제 와서 돈을 좀 벌었는지 어쨌는지 하는 소리가 들리긴 하지만 제 몸에 두

르고 제 입에 들어가면 그만이야. 빌어처먹을 것들. 누구는 애 맡기고 미안하다고 올 때는 꼭 보약 싸가지고 온다던데 나는 그런 건 바라지도 않았어. 즈이 장사하고 남은 거라도 들고 오면 좀 좋아. 내가 얼마나 오래 살겠다고 보약을 먹어. 그런 건 바라지도 않어. 애비가 팔고 남은 거 가지고 오라 이거여. 전화에다 대고는 어머니, 그거 먹어도 하나도 좋은 거 없어요, 하고 암코양이 같은 소리로 나를 속이려 드는데 시골 사는 늙은이라고 아무것도 모르는 줄 아나봬. 뭐어, 살찌는 약이라나 뭐라나. 먹어도 하나도 덕이 안 되는 거라면서 그런 걸 사람들이 뭐하러 수십만 원씩 주고 사겠어. 신문에도 나고 광고에도 나고. 세상 사람들이 전부 다 살을 뺀다고 굶고 째는 판에 뭐 살찌는 약? 그 빌어처먹을 년이 순진한 우리 아들 장삿길로 내몰고도 모자라 망조가 들게 하려는 것이여. 이젠 살이 찌는 것도 바라지 않고 약 가지고 오는 것도 바라지 않어. 제정신이 돌아오기를 기다리는 게야.

부업 상담 전문 컨설턴트 박대통 소장의 계속되는 노가리

우리나라 남자들 정력제라면 무조건 사고 보니 처음에는 장사가 될 겁니다. '비아그라' 같은 새로운 정력제라면 말이지요. 그런데 그것도 조금 지나면 경쟁이 심해져서 앞으로 남고 뒤로 밀려요. 정력제라는 게 정말 효과가 있을까요. 가짜 약도 진짜로 믿고 먹으면 효과가 나타나는 플라시보 효과라는 게 있죠. 예를 하나 들어보죠. 세계적으로 유명한 가수가 올 때마다 특석을 사서 가는 분들이 있습니다. 한 장에 수십만 원씩 하는 특석을 살 정도가 되면 사회적으로도 어느 정도 위치가 있는 사람이고 그만큼 음악을 좋아하면 공짜 표가 생길 기회가 많습니다. 그게 한국이죠. 그런데 내가 아는 이분은 꼭 자기 돈을 주고 표를 사서 봅니다. 다른 건 몰라도 음악회는 꼭 그렇게 합니다. 공짜가 들어와도 다른 사람을 줘버리고 줄을 섭니다. 내가 도대체 왜 그렇게까지 하느냐고 물었지요. 그분 대답은 이렇습니다. 자기 돈을 주고 가야 제 소리를 들을 수 있고 돈이 아까워서라도 자지 않고 열심히 듣는다고요. 노래는 자기가 세상에서 유일하게 좋아하는 건데 TV나 라디오에서 듣거나 공짜로 들어서야 시간과 귀가 아깝다는 겁니다. 이해가 가십니까. 그 공연을 보기 위해 한 주일을 열심히 살고 열심히 일을 합니다. 그런데 공연이 실제로 좋지 않으면 어떻게 하느냐. 세계적인 가수라고 해서 매일 세계적인 공연만 하는 건 아니고. 그랬더니 그 사람 대답이 걸작입니다. 돈 주

고 가봐요. 언제나 천상의 음악이죠. 어디가 틀렸다, 어떻다 하는
건 공짜 표 받아서 가는 사람들이에요. 음악같이 개인적인 기호
가 좌우하는 분야에서는 더구나 그렇죠. 이런 게 플라시보 효과
다, 나는 이렇게 봅니다. 이야기가 잠시 옆길로 샜는데 다시 정력
제 이야기를 합시다. 남들이 정력제를 비싼 값에 경쟁적으로 수
입 제조해서 광고하고 팔 때 정력감퇴제를 파는 사람이 있으면
그 사람은 장사 기질이 있는 사람이에요. 정력을 세게 하려고 안
달하는 사람이 있으면 그 반대인 사람도 분명히 있습니다. 생각
해보세요. 정력, 정력 하고 소리 높여 외치는 세상에서 정력을 억
제해야 되는 사람들, 얼마나 힘들겠나. 그 사람들을 목표로 삼아
장사를 하면 틀림없이 성공합니다. 예를 들면 독신을 지켜야 하
는 종교인이나 회교국가에 파견나간 회사원이 해당되겠습니다.
아, 그 회사원이 아니라 회사원의 부인을 타깃으로 삼아야죠.

살찌는 약과 관련해서 마냥 놀고먹기 미안해진 소설가가 쓴 칼럼 /
파일럿 피시 마케팅

　　매달 신용카드회사에서 보내오는 카탈로그를 유심히 본 지가

오래됐다. 뭘 사려고 한다기보다는 그때그때의 기술·실용·유행의 첨단을 달리는 물건, 상술의 흐름을 파악하게 해주는 공짜 교과서니까. 살 빼는 약 광고가 한참 요란할 때, 살을 안 빼면 비문명인이고 불건강하고 결코 예뻐질 수 없다는 아우성이 한창일 때, 그 우악스럽고 무시무시한 광고 사이에 살짝 고개를 내민 조그만 광고 하나가 내 눈길을 끌었다.

'살이 찌지 않아 고민인 분들에게 희소식. 이 약은 확실하게 살이 찌게 해드립니다.'

그 광고를 보면서 나는 언젠가 TV 다큐멘터리 프로그램에서 본 빨판상어를 연상했다. 거대한 가오리의 배에 빨판을 대고 찰싹 달라붙어 가오리에 생기는 찌꺼기를 얻어먹고 사는 물고기가 빨판상어였다. 이름을 보면 상어 같지만 바다의 갱스터인 상어와는 거리가 멀다. 이 빨판상어의 생태와 비슷한 상술에 '파일럿 피시 마케팅'이라는 게 있다. 대기업의 대형 매장 근처를 따라다니면서 매장을 열어 거대 매장에서 나온 고객을 흡수하는 상술이다. 대형 매장의 번잡스러움과 개인적인 선택의 여지가 별로 없는 스테레오 타입을 싫어하는 고객이 공략 대상이다. 파일럿 피시는 상어를 졸졸 따라다니며 상어가 남기는 먹이찌꺼기를 먹고 사는 물고기다. 물론 천년만년 따라다녀도 상어가 될 수 없다. 털에 관한 한 가오리 내지는 상어에 해당하는 것이 대머리 발모제나 가발. 그런데 노출의 계절, 여름철이 되면서 털 제거에 관한 광고가 다수를 차지하면서 발모제가 셋방살이 신세가 되고 말았다. 면도기, 제모 크림, 초음파 털제거기…… 종류도 많고 보장도 약속도 많다. 그러다가 특이한 광고 하나가 눈길을 끌었다. 놀랍게도 그 제품은 '……모근에 작용, 통증 없이 영구적으로 털을 제거한다'는 것이다. 한번 사서 영구적으로 특정 부위의 털을 제거하고 나면 그 기계는 또 어디다 쓴담? 개인적으로 은밀하게 주문 배수하신 고객께서 그 기계를 쓰시고 나서 다른 사람 쓰라고 주기도 뭐하고 유산으로 물려줄 수도 없을 텐데. 삶의 신성한 반복성, 가변성마저 영구성을 내세운 상술로 잡아먹고 나면, 혹 저 자신을 잡아먹은 꼴은 되지 않을까.

장사에 도가 튼 남편에 관해 어느 부인이 한 이야기

장사를 시작하면서 남편은 진득하게 한 가지 일에 매달린 적이 없다. 외국에서 물건을 수입해서 팔던 시절이 가장 오랫동안 한 가지 일에 집중한 게 될까. 하지만 외국은 얼마나 많고 수입

할 수 있는 품목은 또 얼마나 되는가. 그걸 다 뭉뚱그려서 한 가지 일이라고 말할 수 있을지 모르겠다. 처음 남편은 친구의 회사를 통해 중국에서 필요한 물건을 수입했다. 내용은 잘 모르고 일일이 기억할 수도 없다. 그렇지만 남편은 물건을 꼭 세트로 취급했기 때문에 몇 가지는 기억난다. 살찌는 약도 있었고 살 빠지는 약, 발모제, 탈모제, 정력제, 정력감퇴제 같은 품목이다. 그때마다 집에는 갖가지 샘플이 쌓여 보는 것만으로도 정신이 어지러울 지경이었다. 남편은 약의 효능이 입증되기 전까지는, 최소한 자기가 확신하게 되기 전까지는 판매하지 않았다. 효능을 입증하기 위해서 남편은 주변 사람들을 이용했다. 제일 만만한 게 처남, 곧 내 남동생이었다. 동생은 한동안 온몸이 털투성이가 되었다가 대머리가 되더니 죽을 고생을 다해서 겨우 정상으로 돌아왔다. 어떤 약을 먹고는 낮이나 밤이나 옷도 입지 않고 올케를 쫓아다녔고 어떤 약을 먹고는 두 달이나 각방을 썼다. 살찌는 약은 남편이, 살 빠지는 약은 내가 시험했다. 살찌는 약은 효과가 있었지만 살 빠지는 약은 별로 효과가 없었다. 어느 날 남편은 물건값보다 통관료니, 대행료가 더 든다고 하면서 자신이 직접 현지로 가서 물건을 보고 골라서 가져오겠다고 했다. 그러기에 앞서 한국에서 중국에 필요한 물건을 선정해서 가져가면 거기서도 남길 수 있을 거라고 했다. 남편이 현지의 거래처, 교포와 통화한 전화료만 수백만 원이 넘었다. 남편은 한국에서 버려지는 중고 자동차, 가전제품, 사무기기가 중국에서는 제법 값을 받을 수 있다고 결론을 내렸고 중고 가전제품을 파는 곳이며 고물상을 돌아다니며 물건을 끌어모았다. 내가 그게 장사가 되겠냐고 할 때마다 남편은 그럼 네가 하라고 핀잔을 주었다. 그리고 남편은 떠났다. 그로부터 1년간 남편은 돌아오지 않았다.

어느 중국 동포 처녀의 이야기

그 사람은 첫 느낌이 나쁘지 않았어요. 여기까지 장사하러 온 한국 사람치고는 순진하고 착했어요. 나는 대학에서 한국어과를 다녔어요. 한국하고 교류가 많아지면서 내 친구들 중 대부분이 통역이나 관광 가이드 일을 하게 됐지요. 난 그럴 기회를 잡지 못했어요. 부모님이 엄하셔서요. 지금은 돌아가셨지요. 그런데 한국 사람들은 참 이상해요. 올 때는 한꺼번에 그렇게 많이 몰려와서 뒤집어놓더니 갑자기 발길을 끊고는 무시무시하게 욕을 한다고 해요. 같은 동포라서 불쌍하다고 도와줬더니 여기 사람이 한국 사람보다 더 약았고 게으르고 골탕먹인다고. 사실 여기 사람들이 나쁜 건 정말 빨리 배우지요. 사우나 같은 게 그래요. 중국에는 원래 공중목욕탕이 별로 없었어요. 그런데 몇 년 전에 한국 사람이 와서 한국의 호텔 사우나 같은 걸 만들었어요. 샤워하고 사우나, 안마가 결합된 목욕탕이죠. 생기자마자 엄청난 인기를 끌었지요. 여기 사람들이 그걸 보고 배워서 나중에는 한 집 건너 사우나가 생겨날 정도였어요. 처음에는 손님들이 한국 관광객이나 외지 사람이었지요. 그렇게 많이 생기니까 경쟁이 되고 손님도 중국 사람이나 떼돈 번 동포들로 바뀌었어요. 그러니까 당국에서 단속을 하기 시작해서 망한 사람들이 참 많아요. 망하면 어떻게 하겠어요. 여기서는 돈 없으면 못 살아요. 돈을 모를 때는 그냥 없어도 살았는데 돈독이 오르니까 못 사는 세상이 됐어요. 자기가 살려니까 도둑질도 하고 사기도 치지요. 여기는 형벌이 굉장히 엄해요. 사람이 흔해서 그런가 봐요. 사형도 흔해요. 다른 나라 사람들이 이해를 못하는 부분이죠. 요즘에는 한국 사람이 오면 어지간하면 곧바로 사기를 당해요. 관광하러 온 사람들말고 장사라도 하러 온 사람들 말이죠. 사촌오빠가 장사를 해요. 여기서 많이 나는 한약재 같은 걸 모아서 한국으로 수출을 하는데, 사실은 건달이나 마찬가지예요. 그 사람이 어떻게 오빠

하고 만나게 됐는지 모르겠는데 오빠가 나한테 그 사람 안내도 해주고 통역도 해주라고 해요. 그래서 만났어요. 그 사람이 가지고 온 물건이 중고 가전제품하고 사무기기인데, 가전제품은 몰라도 복사기나 팩시밀리 같은 사무기기는 온 성省을 뒤져도 몇 대 없었어요. 또 그런 데는 '관계關係' 있는 사람들이 다 줄을 대고 있거든요. 개인사업 하는 사람들은 가지고는 싶어했지만 돈이 없었어요. 한마디로 구매력이 없는 거죠. 그 사람은 그런 사정을 너무 몰랐어요. 그럴 필요까지 없는데 내가 그런 사정을 좀 알려주고 했어요. 그게 고마웠나 봐요. 따로 저녁을 몇 번 사줬어요. 한번은 내가 사는 걸 보고 싶다고 해요. 자기가 한국에서 어떤 물건을 들여와야 장사가 되는지 알고 싶은데 실제로 나 같은 소비자가 어떤 식으로 사는지 알고 싶다는 거였지요. 난 오빠하고 의논했지요. 오빠 말로는 자기 집에 데리고 오라는 거예요. 오빠 집에 가기로 한 날, 갑자기 오빠가 무슨 일이 있어서 심양으로 가는 바람에 약속이 취소됐어요. 나중에 알고 보니 오빠가 일부러 그렇게 한 거죠. 결국 우리 집에 가게 됐어요. 저녁을 같이 먹고 TV를 보는데 갑자기 그 사람이 껴안아요. 왜 그러느냐고 뿌리쳤지요. 내가 그렇게 만만해 보이느냐, 중국에서 한국처럼 굴었다가는 평생 감옥에서 썩을 줄 알라고 쏘아붙였지요. 그런데 이상하죠. 나 말예요. 왜 당장 나가라고 하지 않았을까요. 그 사람이 무안해서 한참 있더니 한국에 가고 싶지 않느냐고 했어요. 가고 싶다고 했지요. 한국에 가기만 하면 식당에서 일을 해도 여기보다 훨씬 많은 돈을 벌 수 있으니까요. 그러니까 그 사람이 자기가 꼭 초청을 할 테니까 한국에 오라고 해요. 나는 마음대로 하라고 했지요. 자기 말을 못 믿느냐고 자꾸 그러길래 내가 앨범을 보여줬지요. 사진 넣는 앨범 아녜요. 명함 넣은 앨범이죠. 어디 시의원 명함도 있고 사업하는 사람들 명함, 관광 왔다가 개인적으로 안내를 해줬더니 준 연락처. 앨범이 그런 걸로 꽉 차 있었지요. 그 사람이 그걸 보고는 놀래요. 내가 말해줬지요. 한국에 가면 나한테 초청장 보내겠다고 한 사람들이 이렇게 많다. 단 한 사람도 다시 연락하지 않았다. 당신도 그렇게 하고 싶으면 명함을 놓고 가라고요. 그 사람이 가만히 있다가 나보고 그 사람들한테 어떻게 해줬냐고 물어요. 나는 당신하고 똑같이 해줬다, 내가 바라기도 전에 먼저 말하더라고 했지요. 그 사람은 명함을 놓고 가지 않았어요. 그렇게 알게 됐어요. 그 사람은 착해요. 내가 만난 한국 사람 중에서 제일 착했어요. 자기가 대단한 사람이 아닌 걸 알고 있는 사람이었지요. 유일한 사람이었어요. 그후에도 그 사람은 물건이 팔리기를 기다렸지요. 그 사

이에 러시아도 갔다 오고 몽골도 다녀왔어요. 여기저기 소개를
받아서 사람도 만났겠죠. 조금씩 물건을 가지고 가기도 하고 가
지고 오기도 했어요. 러시아나 몽골 같은 데서 현금을 받지 않으
면 무조건 손해보는 거죠. 여기서 소개해준 사람들도 한두 번 만
난 정도밖에 안 되니까 보상을 받을 수도 없어요. 그 사람, 나하
고 같이 있으면 괴로우니까 뛰쳐나갔다가, 떨어져 있으면 더 괴
로우니까 돌아오고 한 거예요. 알아요. 장사는 어차피 안 되는 거
고요. 그렇게 일 년이 지나니까 그 사람이 가지고 온 물건보다 훨
씬 더 성능이 뛰어난 물건이 나왔지요. 결국 고철값도 못 받았어
요. 돌아가면서 그래도 그동안 행복하게 산 게 남았다고 했어요.
자기는 그때까지 그런 행복을 맛본 적이 없다고요. 한국에 가려
면 우리가 결혼을 해야 한다고 말한 적이 있어요. 나는 그런 건
꿈도 꾸지 말라고 했어요. 그렇지만 우리가 서로 사랑한 건 맞아
요. 그 사람이 같이 북경에 가서 사람 속에 숨어살자고 하더군요.
흑룡강 너머 아무도 살지 않는 산 속에 가서 살자고 하기도 했어
요. 티베트로, 시베리아로 가자고 했어요. 다 불가능한 얘기지요.
지금은…… 사랑하지 않아요. 그 사람도 그러기를 바래요.

구름구두를 신은 사나이의 이야기

음, 좋다. 나를 보고 사람들은 구름구두를 신고 다닌다고 한
다. 일주일에 한두 번은 국제선 비행기를 타고 구름 위에 올라서
니 그런 이야기를 듣는지도 모른다. 음, 바람처럼, 구름처럼 산
다는 게 내 신조다. 어차피 인생은 내 뜻대로 온 것이 아니고 내
뜻대로 가는 것도 아니다. 당신이 짐작하는 대로 나는 보따리에
는 가볍고 값나가는 것만 넣는다. 반도체나 보석, 고가 장식품,
안경, 토산품 같은 것이다. 때때로 단골 고객에게 특별히 주문받
은 골동품 같은 것도 운반한다. 세계 각국에 자주 가는 호텔이
있고 자주 가는 식당, 단골 술집이 있다. 음, 내가 각국에 애인을
두었다고 해도 놀랄 사람은 없을 거다. 나 같은 사람이 세계적으
로 수천 명은 넘는다. 음, 나하고 같이 다닐 생각은 없는가. 영어
는 못해도 상관없다. 아주 기초적인 거만 하면 된다. 당신만한
눈치와 체력, 직감이면 된다. 음, 여자들. 캘리포니아에도 있고
밀라노에도 있고 멕시코 시티에도, 타이베이에도 있다. 내 여자
들도 다 애인이 있고 심지어 남편도 있다. 내가 일 년에 몇 번이
나 간다고 나만 쳐다보고 혼자 살라고 할 수도 없는 거 아니냐.
기브 앤 테이크, 기브 앤 테이크. 가볍다. 음, 물론 사랑한다. 전

부 다 사랑한다. 만날 때마다 최상의 섹스, 최고의 극치감을 누린다. 그게 우리 같은 인간의 권리다. 음, 당신이 보여준 사진에 나오는 여자도 괜찮은 것 같다. 인생을 아는 표정이다. 정말 사랑하느냐. 음, 나하고 같이 다니면 지금보다 훨씬 더 행복하게 해줄 수 있다. 둘이 함께 오래 사는 것이 주는 자그마한 행복과 엄청난 의무. 다른 사람들이 일생에 한 번 맛볼까 말까 한 행복을 맛보고 맛보게 해주는 것, 그리고 작은 슬픔. 어느 게 좋은가. 잘 생각해보라. 오늘 우리가 헤어지면 언제 다시 만날지 모른다. 기회는 자주 오지 않는다. 음, 그래, 어쨌든 당신은 좋은 친구다. 음, 음, 음.

다큐멘터리 〈샹그릴라는 있는가〉의 나레이터의 말

이씩쿨 호에서 아득히 서쪽, 천산산맥의 북쪽으로 길쭉이 흘러내리는 추이 강이 발원하는 산간 오지마을, 카를룩. 수천 년 동안 문명의 발길이 닿지 않은 이곳은 1년에 한 번 길이 열린다. 이 마을로 가는 길은 해발 4,000미터의 산기슭에 아스라히 잔도로 걸쳐져 있다. 이 길은 눈사태와 눈이 녹으면서 발생하는 산사

태로 상습적으로 길이 막힌다. 이 길을 고치는 데 최소한 6개월이 걸리며 고친 길은 석 달 정도만 되면 다시 무너져버린다. 자칫 잘못 들어가면 나오기까지 몇 년이 걸릴지 알 수 없다는 마을이다. 이 마을 사람들은 염소를 키우고 복숭아밭을 일구어 양식을 마련한다. 눈이 녹은 물은 얼음같이 차고 맑지만 곧바로 사람이 마시면 설사를 하기 때문에 이들은 염소의 젖과 피, 복숭아의 과즙으로 부족한 식수를 대신한다. 마을의 처녀들은 열다섯 살이 되면 결혼을 하는데 지참금은 역시 염소다. 이 염소의 털을 이용해 융단을 짜는 기술이 발달했다. 이 융단을 짜기 시작한 것은 14세기부터라고 한다. 페르시아 상인들과 교역을 하게 되면서 생산된 융단은 아직까지 예전의 기법을 고수하고 있어서 서방 부유층의 인기를 끌고 있다. 융단 하나를 짜는 데 걸리는 시간은 3년. 이 마을의 여인들은 자신이 짠 융단의 숫자를 가지고 시간의 단위를 삼는다. 융단이 없었더라면, 그 마을의 존재는 알려지지 않았을 것이다. 융단이 아니었더라면 아득히 높은 잔도가 놓이지 않았을 것이다. 우리의 지프는 언제 무너질지도 모르는 길을 따라 복숭아꽃이 만발한 마을로 들어갔다. 얼음같이 차가운 물이 콸콸 소리를 내고 흐르는데 무수한 꽃잎이 물을 따라 흐르고 있었다.

몽골식 천막으로 전원에 집을 마련한 사람의 이야기

처음에는 통나무로 집을 지으려고 했다. 캐나다나 미국에 주문을 하면 거기서 먼저 여기서 보낸 규격에 맞춰 지어보고 다시 해체해서 보내준다는 말을 들었다. 문제는 비용인데 평당 단가가 300에서 600까지 천차만별이었다. 시공이라는 게 기초 하고 나서 조립만 하면 되니 특별한 기술이 필요하지 않았다. 알고 보니 제일 싼 물건과 비싼 물건이 똑같았다. 두 업자 다 망했다. 싸다고 하면 사람들이 신뢰하지 않고 지나치게 비싸면 포기한다. 한때 통나무 주택이 붐을 일으켰을 때 돈을 번 사람들은 가격 책정에 성공한 사람들이다. 이 집 짓기 전에 싸구려 중국제 카펫을 사면서 알게 된 사람이 있는데 그 사람이 자기가 가본 몽골의 천막을 이야기했다. 게르, 파오라고도 한다. 내가 이걸 내 손으로 직접 지었다. 내가 아마 우리나라에서 최초로 몽골식 천막을 지은 사람일 거다. 벽이 원통형이고 지붕이 둥그니까 한여름에 시원하고 겨울에는 바람을 덜 탄다. 언제든 쉽게 분해 조립할 수 있다. 지금은 통나무 주택과 마찬가지로 여기서 사양만 알려주면 현지에서 일체를 다 맞춰서 배로 보내준다. 그렇게 만들기까지 내가 얼마나 고생을 했는지. 융단 팔던 사람이 내가 하는 걸 보고는 자기가 아예 회사를 만들어 천막식 주택사업을 하겠다고 했다. 견본주택으로 우리 집을 찍어가고 견학도 많이 왔다. 요즘은 연락이 오지 않는 걸 보니 망한 것 같다. 그 사람은 남 손해보이는 일은 하지 않는 사람 같았다. 그래서는 장사에 성공하기 힘들다. 이 집은 다 좋은데 누린내가 난다고 아이들이 싫어해서 여기선 나 혼자 살고 있다.

속아서 카페를 산 사람의 이야기

20년이나 직장에 다니다가 갑자기 떨려나는 바람에 장사라도 해야겠다고 돌아다녔지만 마땅한 게 없었어요. 직장인이라는 게 직장 밖에 나오면 아무것도 모르는 숙맥이에요. 장사를 품위 있게 인간적으로 해보겠다고 한 게 착각이지요. 이 카페 위치를 보세요. 강물도 안 보이죠, 응달에다가 맞은편에 대형 레스토랑이 있지, 차도에서 한참 들어와야 되지, 장사가 되겠어요. 몽골식 천막으로 지은 게 이색적이긴 해도 이게 비만 오면 난리예요. 몽골같이 비가 없는 초원에서 짓고 사는 집이니 우리나라처럼 장마가 있는 나라에서는 감당이 안 되지요. 처음에는 퇴직금도 있고 배가 부르니까 너무 번잡해도 싫고 그냥 식구들 먹고살 정도만 되면 되겠다 싶어서 이 집이 눈에 들어왔어요. 마침 주인이 복덕방에 내놓았던 참이라 구경을 왔어요. 그런데 손님이 꽤 많아요. 손님층도 다양해서 노인 부부, 젊은 연인들, 바람쐬러 나온 아줌마들, 애들하고 같이 온 젊은 부부…… 한 번이 아니라 서너 번을 왔는데도 그래요. 그래서 계약을 했지요. 중도금을 주려고 왔는데 손님이 하나도 없어요. 이건 완전히 폐업 수준이더라구요. 아차, 싶어서 따져봤더니 원래 장사가 안 되는 집이에요. 그 손님들은 다 동원한 손님들이고. 그런 사람들이 있대요. 손님인 척하는 아르바이트를 하는 사람들이죠. 중도금까지 줬는데 계약을 깰 수가 있나요. 무조건 안 된대죠. 내가 따지고 빌고 사정하고 결국 기절하니까 그 사람이 이런 말을 해줘요. 자기도 속아서 샀는데, 그 전 주인한테 듣기로는 자기가 세번째로 당한 사람이래요. 그러니까 장마 오기 전에 나도 빨리 처분할 생각을 하라는 거죠. 복덕방 사람들만 배가 부르는 거야. 기가 막혀서. 그런데 요새는 아예 보러 오는 사람도 없어요. 나는 손님이 많을 이유가 없는 집에 손님이 들끓으면 다 그런 집이라고 짐작해요. 그 아르바이트생들을 쓸래도 손님이 와야죠, 손님이. 이런 걸 세상이 다 알면 큰일인데…… 장사판은 정말 아사리판이에요.

아사리의 사전적 정의

불교에서, 스승이 되어 제자를 가르칠 만한 덕을 갖춘 고승을 일컫는 말. 불교에서는 제자를 교육하는 사람을 화상和尚과 아사리 둘로 나눈다. 화상은 세속의 부모처럼 전 생애를 일관하는 스승인 데 비해, 아사리는 교사와 같이 취학 때의 스승이므로 신분이 달라지는 경우도 있다. 제자의 궤범이 되어 가르치기 때문에 궤범사軌範師 또는 정행正行으로 의역한다. 인도의 소승불교에서는 5회 이상 안거安居를 계속하고 계율에 밝아 갈마(塷磨:수계 의식)를 담당할 수 있는 승려를 이렇게 불렀다. 밀교密敎에서는 특히 전법 관정傳法灌頂을 베푸는 스승을 대大아사리라고 한다.

월간지《전원주택 – 하늘과 물, 바람과 시》의 주제넘은 편집인 권두언 '정치판을 다시 짜자'/ 판에 관한 이야기

불교에서 나와서 세속에서 다른 뜻으로 쓰이는 말은 꽤 있다. 대표적인 것이 이판사판이다. 이판理判은 세속을 떠나 도를 닦는 일이고 사판事判은 절의 재산을 관리하고 맡아 처리하는 일인데

이 두 일을 하는 사람이 한치의 양보도 없이 맞서면 '막다른 데에 이르러 더는 어찌할 수 없게 된 판'이 된다. 이럴 때 한 수 가르쳐서 정리를 할 수 있는 고승 아사리(ācārya)가 나서야 하는데, 그랬는데도 수습이 되지 않는 어지러운 판이 아사리판이다.

이와 비슷하게 어지러운 속세의 판은 난장판으로 여러 사람이 뒤섞여서 마구 떠들어대서 누구 말이 옳은지 분간이 되지 않는 판이다. 가장 어찌할 수 없는 판은 개판으로 몹시 난잡하고 무질서하게 엉망인 상태를 이른다. 이전투구泥田鬪狗가 벌어지는 판이 바로 개판인 것이다. 어지러운 정도의 우열을 표시하면 이판사판<아사리판≤난장판<개판이 된다. 난장판과 개판 사이에는 '개판 5분 전'이 있을 수 있다.

이판사판이나 아사리판은 그래도 종교적인 의미가 있어 수습이 가능하다고 한다면 난장판은 세속의 것이며 개판은 짐승의 몫이거나 판에도 못 미치는 것을 말한다. 우리의 막가는 정치판은 과연 어디에 속해 있는가.

미국 시민 벤자민 크랭클린이 했다는 이야기

돈의 가치를 알고 싶거든 돈을 꾸어보라.

구멍가게를 하다가 부도를 낸 여자의 이야기

구멍가게를 하던 나 같은 아줌마가 부도를 냈다고 하면 사람들이 웃을지 모른다. 그렇지만 그 부도금액이 억대를 넘어간다면? 지금 생각해도 피눈물이 난다. 구멍가게 3년에 빚진 게 2억 5천이다. 구멍가게라는 게 남의 물건 받아다 현금 받고 팔아서 이문 남기는 것이다. 부도날 데가 없다고 생각할 거다. 아무리 구멍가게라도 현금 회전이라는 게 있으니까 물건값을 먼저 써버릴 때도 있고 외상을 줄 때도 있어서 잠깐잠깐 빚으로 물건값을 충당할 수도 있다. 내가 그랬다. 처음에는 카드로 10만 원, 20만 원 빚을 지다가 결국 이웃에게 100만 원, 200만 원도 빌리게 됐다. 돈 빌리는 게 쉬운 일은 아니다. 내가 그동안 배운 게 있는데, 바로 돈 빌리는 기술이다. 돈을 빌릴 때는 절대로 가난하거나 약한 모습을 보여서는 안 된다. 도도하고 거만하게 빌려야 한다. 옷가게에 가서 100만 원짜리 옷을 사서 입고 귀금속 가게에 가서 루비 반지라도 하나 끼고 가면 옷 구경하고 보석 구경하고 돈을 빌려준다. 빌려가라고 한다. 이자가 그만큼 비싸니까. 은행도 마찬가지다. 내가 이렇게 된 건 지금 이혼한 전 남편 보고 배워서 그렇다. 그 사람은 어디서 최고급 승용차만 나왔다 하면 맨 먼저 사가지고 은행 쫓아갔다. 똥차 가지고 가면 은행에서 상대를 안 해주니까. 대출을 받으면 헐값에 차를 처분한다. 그 사람? 차에 미친 사람 아니다. 지방 다니면서 땡장사하는 사람이다. 트럭도 오감한 사람이다. 전 재산이 차 한 대 값도 안 될 거다. 그래도 은행은 양반이다. 급전 사채 이자가 얼마인지 아나. 1년으로 치면 480부도 있다. 원금의 다섯 배라는 말이다. 이런 걸 어떻게 갚나. 못 갚으면 어떻게 하나. 협박에 폭행에 납치에 유괴에…… 치가 떨린다. 도망다니다 보면 또 돈 들고 그것도 빌려야 하고…… 나도 입고 싶은 것, 먹고 싶은 것, 내 마음대로 해본 게 없다. 자식들 먹고 싶다는 피자, 햄버거 맘놓고 사준 적이 있는 줄 아나. 애들 얼굴에 마른버짐이 허옇다. 지금 와서 무슨 할말이 있겠는가마는 나한테 돈 빌려준 사람들도 좋은 마음 가진 사람은 하나도 없다. 이런 억울한 사정을 밝혀주면, 다시는 세상에 나 같은 사람이 없도록 해주면 그보다 더 고마울 일은 없겠다. 마지막으로 할말, 아이들이 보고 싶다. 애들아, 사랑한다. 엄마가 먼저 가지만 너희들은 씩씩하게 커야 한다. 보육원 원장 선생님, 우리 아이들 잘 부탁합니다…….

친구에게 명의를 빌려주었다가 감옥에 갈 뻔한 사람의 이야기

그 새끼는 두어 해 전에 통신학습지 사업을 한다면서 나를 끌어들였다. 500만 학생을 상대로 만 원씩만 걷어도 1년 안에 최소한 200억 원은 벌 수 있다고 큰소리를 쳤다. 돈은 자기가 댈 테니까 내가 제작을 하고 자신은 판매를 해서 반씩 딱 갈라먹자면서 게거품을 물었다. 나중에 알고 보니 제 딴에는 그동안 수십 가지의 사업을 벌이면서 저는 물론이고 부인에 장인, 장모, 시골에 혼자 사는 아버지의 명의까지 빌려서 돌아가면서 차례로 한 번씩 부도를 냈다. 돈이 있어도 사업자 등록을 할 수가 없으니 내 명의를 빌리자는 것이었다. 알다시피 내가 좀 게으르다. 그 덕분에 이름 하나는 깨끗하다. 물려받은 것도 좀 있는 줄 알고 담보나 제공해주었으면 하는 것 같더라. 내가 눈 딱 감고 못 하겠다고 했다. 그러던 참에 미국에 있는 누이가 한 번 다니러 오라고 하는데 비자를 내려니 직장인이거나 사업자 등록이 있어야 낼 수 있다는 게 아닌가. 그래서 잠깐 명의를 빌려주고 등록증 받아다가 비자를 냈다. 그런데 그 새끼가 나 미국 갔다 온 새에 사고를 쳤다. 대학생 아르바이트를 써서 다른 학습지를 적당히 조합하고 일본에서 나온 걸 노인들에게 번역시켜서 슬쩍 끼워넣고

해서 학습지 흉내를 냈다. 베껴쓰는 것도 귀찮아서 남의 학습지에서 오려낸 종이를 적당히 화판에 붙이고 그걸 촬영해서 필름으로 썼으니 문제지 한 장의 서체가 뒤죽박죽이고 오려낸 자국까지 보일 정도였다. "최고의 적중률, 최저의 가격"이라는 문구 밑에 "아빠, 나도 다른 아이들처럼 학습지로 공부하고 싶어요"라는 소제목 있는 광고, 그게 그 개 같은 새끼 작품이다. 길거리에서 공짜로 배포하는 생활정보신문에 광고를 요란하게 냈다. 정상적인 학습지들이 광고를 하는 일간지나 방송에는 한 번도 광고를 하지 않았다. 졸렬에다 졸속에 싸구려 일변도였다. 결국 독자들에게서 항의전화에 환불요구 내용증명이 날아오기 시작했고 표절을 당한 다른 학습지 회사에서도 눈치를 채는 바람에 문을 닫지 않을 수가 없었다. 그나마 다행이었던 것은 다른 학습지의 3분의 1 정도밖에 안 되는 액수인 데다 구독자 수가 많지 않아서 소비자단체나 사법기관에까지 가지 않고 끝났다는 것이다. 끝까지 포기를 하지 않는 사람에게는 반 정도의 액수를 환불해 주었다. 통신교육 사업을 하는 동안, 내가 그 개자식에게서 가장 많이 들었던 말은 "싼 게 비지떡"이라는 말이었다. 비지떡을 먹는 사람들은 맛을 따지지 않는다는 것이고 조금 손해를 보더라도 포기하고 감수한다는 거다. 그 개만도 못한 놈 행태가 그렇다. 조그맣게 부지런하게 움직여서 남에게 큰 손해는 입히지 않는다. 저도 크게 벌어보지 못한다. 그 망할 자식 덕분에 비자 내서 미국에는 다녀왔으니 나도 크게 손해본 건 없다.

소설가의 노트북에 찍힌 글자

좌하.

소설가의 의미없는 중얼거림을 문어체로 옮긴 글

나는 자리에서 일어나 노트북을 켰다. 하여튼 일을 하긴 해야 한다. 꿈속에서 원고료를 선불로 받은 출판사 편집장을 만났다. 그는 내게 1원당 한 대씩 100만 대의 곤장을 맞으라며 먼저 옷을 벗으라고 엄중히 명령했다. 나는 차마 옷을 벗을 수는 없으니 그냥 때려죽여 달라고 애원하다가 애원을 하다가 땀에 젖어 잠에서 깼다. 이렇게 재수없는 꿈을 꾸고도 일을 하지 않는다면 다시 꿈을 꿀 때는 더 재수없는 상황이 벌어질지도 모른다. 나는 버릇

대로 원고 맨 위에 헌사를 쓰려고 했다. 내게는 좋은 소설이든 나쁜 소설이든, 마음이 내켜서 쓰는 소설이든 마지못해 쓰는 소설이든, 길든 짧든 소설 앞에 헌사를 쓰는 버릇이 있다. 그런데 좌하라니? 내가 왜 이런 글자를 친 걸까. 사전에 입력된 무엇이 있어서 그렇다. 나는 꿈을 꾸다가도 그 꿈의 내용이 사전에 입력된 것이 아니면 미안해서 가위가 눌리는 사람이다. 그게 아무짝에도 쓸 데 없는 장점이겠지만. 나는 노트북 밑에 깔려 반만 밖으로 튀어나와 있는 두꺼운 편지 봉투를 노려보았다. 거기에 좌하라는 말이 적혀 있었으니까. 그러고 보니 그의 사업이라는 게 바로 이것인가. 내가 알기로는 세상에서 내가 아는 사람 가운데 좌하라는 말을 아는 사람은 이용원밖에 없었다. 오, 그래, 바로 너였구나. 나는 수화기를 들었다. 그리고 전화를 끊기 직전 그가 일러준 휴대폰으로 전화를 걸었다. 신호가 울리는 동안 나는 전화에 대고 쏟아부을 말을 떠올렸다. 야, 이 촌놈아. 지금이 무슨 고려장 시대냐. 옛적에 선배님들이 다 써먹은 수법을 무슨 새로운 사업이라구 하고 있어. 신문에 부고 한 줄 나지 않는 이름없는 백성들이 열화와 같이 호응을 할 거라구? 너 자꾸 좌하, 좌하하는 걸 보니 네가 지난번에 사기치던 학생들 주소로 보내서 아버지들 보라구 하는 모양인데, 좌하는 그런 데 쓰는 게 아냐. 차라리 전화번호부 보고 보내. 이거 지금 내가 제정신이야? 되지도 않을 일을 하는 놈한테 코치를 하고 있으니…… 너 때문에 내가 정말 돌겠다. 돌겠다구. 선풍기라도 되면 이 여름에 아무나 시원하기나 할 것을. 그러나 그는 종내 전화를 받지 않는다.

전화기에서 흘러나오는 이야기

지금 수신자의 위치를 확인할 수 없어서 연결되지 않으니 다시 걸어주시기 바랍니다.

소설가의 노트북 화면에 우박처럼 찍히는 글자들

돈다. 물레가 돈다. 돈다. 지구가 돈다. 돈다. 은하가 돈다. 돈다. 시계가 돌고 전기구이 통닭이 돈다. 돈다. 팽이가 돈다. 달이 돈다. 물레방아가 돈다. 돈다. 인생이 돈다. 물레방아 인생이 돈다. 돈다. 돌고 돌고 돈다. 통째로 돈다. 그 무얼 찾으려고, 끝없는 꿈의 가도를 그 무엇을 찾으려고 도는 줄도 모르고 도느냐.

소설가의 노트북에 들어 있는 이야기, 〈호랑이를 봤다〉

한 나그네가 있었다. 나그네는 나그네이므로 정처없이 어딘가로 가야 할 운명이었다. 나그네는 무슨 일인가로 실의에 차 있었는지도 모른다. 수많은 일을 해왔으나 단 한 가지 일에도 성공하지 못했고 단 한 분야에서도 정상에 오르지 못했다. 나날이 빚은 늘고 주어진 시간은 줄어드는 평범한 인생을 살았는지도 모른다. 그러나 나는 그 나그네가 평생 처음 맛본 강렬한 사랑에 눈이 멀었다고 말하고 싶다. 이룰 수 없는 사랑에 귀를 먹었다. 길은 한없이 길고 꼬부라지는가 하면 어두컴컴했다. 나그네는 짙은 안개 속을 헤매며 목메이게 사랑하는 여인의 이름을 불렀다. 유격 훈련을 받는 병사처럼, 어미를 잃은 새끼 염소처럼. 길은 갈수록 오리무중이고 산은 갈수록 높아졌다. 아무리 사랑에 빠졌기로서니, 인간으로서 넘볼 수 없는 사랑을 희구한 죄를 짓고 산길을 헤매기로서니 배가 고프고 목이 마른 걸 어쩌겠는가. 잠이 쏟아지고 무릎이 꺾이는 건 또한 어쩌겠는가. 짐승이라면 먹을 걸 먹고 물을 마실 것이다. 잠자리를 찾고 지친 몸을 누일 것이다. 그러나 나그네는 그렇게 하지 않았다. 인간이었기 때문에 허세를 부리며 전도를 모르는 길을 갔다. 안개 속을 헤매며 옛

소설의 주인공처럼 자학했다. 그러나 시간이 지나면서 차츰 들뜬 정신도 가라앉고 생명을 유지해야겠다는 본능이 되살아났다. 그 순간이었을 것이다.

사람이 사람을 초월한 경지에서 사람으로 건너오는 경계선에 서는 순간.

짐승과 성자의 영혼과 개밥과 도토리가 뒤섞여 있어 '인간적'이라고 부르는 색계色界를 돌아보는 그 순간.

극한을 추구하고 있지만 그 극한이 자신의 능력을 넘어선 아득한 경지에 있어 도달하지 못하고 실패할 수도 있겠다는 사념이 침범하는 그 순간.

떠나온 그 세계를 다시 바라볼 수 있는 마지막 순간.

숲에서 비릿한 냄새가 섞인 바람이 불었다. 바람이 불었다기보다는 소리없이 냄새가 퍼뜨려졌다고 해야겠다. 나그네는 이유도 모르는 채 숨을 죽였다. 무엇인가 땅을 스치는 소리가 들리는 듯했다. 권투 선수가 결정타를 먹이기 전 가볍게 풋워크를 하는 것처럼 부드럽고 리드미컬한 소리였다. 그러나 그 소리며 냄새는 너무 미약했다. 곧 나그네의 청각과 후각은 둔감해졌다. 나그네는 고개를 저었다. 다시 길을 가려고 했다. 그러나 막 걸음을 내딛는 순간, 어찌할 수 없는 강력한 노린내가, 지린내에 섞여

코의 점막을 습격했다. 나그네는 그 자세 그대로 얼어붙었다. 나그네의 소매 사이로 차가운 습기가 스물스물 기어올랐다. 나그네의 온몸에는 소름이 돋았고 털이란 털은 곤두설 대로 곤두서서 하늘을 향했다. 나그네는 꼼짝도 하지 못했다. 눈알은 굴렸으니 꼼짝하지 못했다는 말은 취소다. 움직이느니 나그네의 눈알뿐이었다. 막 순이 돋은 두릅나무의 가지도, 잎을 늘어뜨린 사시나무도 가만히 있었다. 벌레소리조차 들리지 않았다. 모든 것이 정지한 듯했다. 들리느니 자신의 숨소리요, 보이느니 자신의 코끝에 솟은 땀방울이었다. 짧다면 짧고 길다면 일생처럼 긴 시간이 지났다. 문득 나그네의 코끝에서 땀방울이 떨어졌다. 나그네는 참았던 숨을 내뿜으면서 느닷없이 웃음을 터뜨렸다. 아무것도 아냐, 아무것도 아니라구. 난 내 존재보다 더 강렬한 사랑에 빠졌던 바보 같은 사내라네. 지금 죽음을 찾아 길을 가는 게 아닌가. 그러면서 무엇을 두려워하는가. 오오, 인생은 계속되는 거야. 나그네는 자신의 모순을 즐거워하며 계속 웃어댔다. 그러나 영원히 웃을 수도 없는 법. 숨이 가빠지고 눈물이 그렁그렁해진데다 목이 따가워진 나그네는 다시 웃기 전의 상황으로 되돌아가는 경계선에 서게 되었다.

웃을 수도 없고 울 수도 없는 그 경계선.

꿈도 아니고 생시도 아닌 경계선. 중도 아니고 속도 아닌, 성스러움과 속됨의 경계선.

나그네는 어디로 갈까, 어떻게 할까 망설이며 두리번거렸다. 그 순간. 어흥! 숲을 흔드는 노호가 나그네의 귀를 찢을 듯했다. 긴 꼬리를 늘어뜨린 싯누런 그림자가 공중을 가로질렀다. 나그네는 땅에 납작 엎드려 귀를 틀어막았다. 눈을 감고 고개를 처박았다. 어흥, 어흐흥. 산이 찌렁찌렁 울고 나뭇가지가 미친 듯이 흔들렸다. 그림자는 계속 허공을 날았다. 쏴아아, 하고 위에서 아래로 사태처럼 바람이 불었다.

나그네는 언제부터 자신이 뛰기 시작했는지 몰랐다. 살이 긁히고 옷이 찢기며 내달았다. 나그네는 언제부터 자신이 구르기 시작했는지 몰랐다. 데굴데굴데굴데굴. 나그네는 드럼통처럼 구르고 또 굴렀다. 데굴데굴데굴데굴데굴데굴…… 데굴데굴…… 데굴데굴떽데굴. 그리고 데굴. 마지막으로 구르고 난 뒤, 나그네가 머리통을 싸맨 손을 풀었을 때 나그네의 눈앞에서 낡고 거대한 물레방아가 삐걱거리며 돌고 있었다. 물레방아 곁에 해진 짚신을 신은 발이 보였다. 나그네는 천천히 고개를 들었다. 옷은 초라하지만 생김새는 위엄이 넘치는 노인이 나그네를 내려다보고 있었다. 노인의 얼굴을 덮고 있는 주름은 한량없는 연륜을 갈

무리하고 있는 듯했고 눈은 지혜로 빛났다.

　노인을 보는 순간, 나그네의 눈에서 눈물이 흘러나오기 시작했다. 나그네는 노인의 뼈만 앙상한 무릎을 감싸안고 울었다. 껵 껵거리며 어린아이처럼 섧게 울었다. 노인은 몸을 굽혀 나그네를 찬찬히 살피다가 안심하라는 듯 머리를 부드럽게 쓰다듬었다. 언제 날이 바뀌었는지 새로 뜬 해가 풀밭의 이슬을 영롱하게 비추고 있었다. 마침내 나그네가 울음을 그쳤다. 그러자 노인은 나그네에게 말했다.

　자네, 호랑이를 봤구만.

우찬제(문학평론가)

서사적 자유를 향한 탈주

성석제는 자유로운 이야기 욕망을 분출하고 향유하는 독특한 작가다. 일찌감치 성석제를 주목했던 이영준이 "성석제는 (전통적인 소설가의 길을 넘어서) 차라리 다성적인 울림을 가진 구연가口演家다. 그는 문자적 글쓰기를 넘어서서 감각 회복의 길을 걷는다. 그는 삶의 전체성을 선적線的으로 배열하는 전통적 묘사 방식과 결별한다. 넓은 의미의 지식 전달 체계로 기능해온 우리 소설의 길을 버리고 그는 살아 있는 말하기의 즐거움을 택했다." (이영준, 「감각의 갱신, 명사에서 동사로」, 성석제, 『새가 되었네』(강, 1996), 264쪽)고 지적했던 것은 탁견이었다. 과연 그랬다.

그는 소설 이전의 온갖 잡동사니들에서 썩 괜찮은 에너지들을 모아 소설 이후의 이야기 세계로 경쾌하게 탈주한다. 근대소설 이전의 야담이나 전류傳類의 이야기 스타일을 차용한다든지, 세상의 주변부에 널려 있는 잡다한 소재들(깡패나 부랑배, 악당, 뜨내기, 건달, 사기꾼)에 새로운 생기를 부여하여 발랄하게 이야기 세계를 확대한다.

뿐만 아니다. 거짓과 참, 상상과 실제, 농담과 진담, 과거와 현재 사이의 경계를 미묘하게 넘나들며 매우 개성적인 이야기꾼으로서의 면모를 보여준다. 그는 현실의 온갖 고통을, 그 참을 수 없는 존재의 무거움을 올바로 성찰하면서도, 그것을 웃으며 즐길 줄 아는 저자이다. 참을 수 없는 존재의 무거움에 침잠되어 있던 지난 시절의 강박관념에 날카로운 비판의 시선을 보내는 성석제는 그 무거운 강박관념을 해체하고 웃으면서 고급한 자유를 획득한다. 성석제가 구가하는 서사적 자유의 공간은 발랄하고 경쾌한 위트, 센티멘털리즘에서 멀찌감치 비켜나 있는 당당한 수사, 탄력적인 문체를 통해 친숙하면서도 새로운 이야기로 우리에게 열린다.

생각하며 즐기는 이야기꾼의 거짓말, 혹은 열린 텍스트의 대화성

그의 담론은 단순한 듯하면서도 중층적이다. 언뜻 보기에 전근대적 구술문학의 말법을 활달하게 이어받고 있는 것 같으면서도, 말하기의 상황이나 글쓰기의 논리에 의해 억압되었던 본래의 감각을 귀환시키려는 다면적인 노력을 기울인다. 「소설」이란 텍스트에서 기존 소설의 정체된 패턴이나 통속적 성격에 야유를 보낸 바 있던 그는 무엇보다도 거짓말쟁이에 대한 각별한 정체성을 보여준다. 생각하는 이야기꾼의 모습이다. 「재미나는 인생 1」 부분에서 뚜렷하다. 거짓말에 대해 "그것은 인생을 기름지게 하고 인간의 상상력을 우주의 차원으로 넓혀주는 것이다. 거짓말은 진실이라는 딱딱한 빵 속에 든 슈크림처럼 의외의, 달콤하고 살살 녹는 이야깃거리와 즐거움을 준다. 거짓말이 없는 인생은 고무줄 없는 팬티요, 팬티 없는 팬티용 초인장력 고무줄이다."(「재미나는 인생 1」)라며 거짓말의 의미와 기능을 나름대로 풀이한 다음, "거짓말에 대해서 부끄러워해서는 안된다. 거짓말은 선천적인 것이다. 어차피 인간의 말 속에는 거짓이 섞일 수밖에 없다. 후천적으로, 억지로 배우는 것은 거짓말을 하지 말라는 도덕률이라는 거짓말이다"라는 의견을 제출한다. 또 "진정한 거짓말쟁이는 자신이 그것을 진실로 믿을 수 있을 때까지 끈덕지게 거짓말을 할 수 있어야 한다"는 점을 강조한다. 아울러 거짓말하는 사람의 즐거움과 거짓말 그 자체, 그리고 거짓말을 듣는 사람의 즐거움이 소통되기 위해서는 대화적 열린 공간이 필요함을 역설한다. "거짓말을 할 때는 그 거짓말을 듣는 상대가 생각할 수 있는 여지를 남겨둬야 한다는 점이 중요하다. 이렇게 해석해도 되고 저렇게 해석해도 되도록."

확실히 성석제는 듣는 이와의 대화적인 관계를 도모하면서 거짓말을 향유하려는 거짓말쟁이로서의 작가다. 소통 상황에서의 역동적 대화성 추구이다. 이야기하기의 유혹에 이끌리는 그는 끊임없이 이야기 듣기를 유혹하면서 자신의 텍스트에 독자를 끌어들인다. 가령 "옛날 옛날에, 장원두라는 착한 소년이 살았습니다." 혹은 "옛날 옛날에, 진용이라는 바보가 살았습니다."(『궁전의 새』) 식으로 옛날 이야기의 말투 그대로 독자를 유인하기도 한다. 자유롭게 열린 이야기 광장을 펼쳐 보이겠다는 의도이다. 그런가 하면 이런 시작 부분도 있다.

나는 이 이야기를 스무 살 때 들었다. 이 얘기를 해준 사람은 어느 외국인이 쓴 책에 나와 있다고 했는데 아무리 해도 그 책을 찾을 수 없었다. 그 책은 원래 없었는지도 모른다. (중략) 혹시 다음의 이야기를 책에서 본 사람은 말씀해 주시기 바란다. 당연히 그 지방에 가본 사람이라면 내게 말을 해줘야 한다.(「지방색」)

본 이야기를 펼치기 전 도입부의 액자 이야기에 해당된다. 보통의 액자소설에서 이 부분은 본 이야기의 신빙성을 입증하려 애쓰기 십상이다. 그런데 성석제의 경우 여기서 그같은 인증적 도입 액자를 거부한다. 사실일 수도 있지만 거짓말일 수도 있다는 모호한 태도를 취한다. 게다가 독자에게 직접 말을 건네며, 독자가 그 사실성 여부를 확인해주기를 부탁하기도 한다. 그만큼 텍스트 안에 독자의 자리를 넓게 열어놓는 것이다. 때때로 서사 텍스트가 형성되기 이전의 과정을 언표화함으로써 독자에게 텍스트의 반성적 독법을 유도하기도 한다.

여기에 등장하는 스승들 가운데는 세상을 버린 이들이 적지 않다. 옛날의 경구에 따르면 아직 살아 있는 사람에 대한 언급은 자칫 중상中傷으로 흐를 수가 있다. 한번 말을 하면 내가 나중에 그걸 취소하려고 해도 취소되지 않는다는 것이다. 이야기를 듣고 전하는 사람들 나름대로 상상력을 발휘하여 더한층 덧붙일 수가 있기 때

문이다. 그러므로 이런 사태를 예방하는 길은 처음부터 끝까지 스
승에 관해 칭찬 일변도의 글을 쓰는 것이다. 그런데 내가 그런 글
을 아주 싫어한다는 데 문제가 있다. 그렇다면 안 쓰면 되지 않는
가. 아니, 나는 써야 한다. 그 얘기는 하지 말자. 쓰기로 했으니까.
다른 방법을 찾아보자.

한 가지 방법은 미리 그들에게 연락해 길다란 변명을 늘어놓고 시
작하는 것이다. 가령, "제가 예전에 그랬듯이 또한번 스승께 무례
를 범하더라도 스승의 은혜로 어여삐 보아주시오" 하고 편지를 쓰
는 것이다. 가만히 있는 것보다 낫긴 하지만, "안돼, 빼!" 하고 잘
라 말한다면 기왕 쓴 걸 정말 빼?

또 다른 방법은 이렇다. 미리 선언을 하고 들어간다……"나는 이
글을 '이야기'로 한정한다. 여기에 등장하는 인물들과 실제의 인물
이 일치하는 일이 있다면 그것은 순전히 우연이다." 이것도 아닌데?
그래서 결국 나는 이 글을 '소설을 위한 시도'로 자리매김을 하기로
했다. 흠, 여기 등장하는 인물은 필요에 따라 소설적으로 변용되었
으며 다소간의 의도적인 첨삭이나 과장, 축소가 있을 수 있다.

소설이라고 써놓고 보니 어느 스승에게서 '누구에게나 첫번째 소
설은 자서전'이라는 말을 들은 것이 생각난다. 물론 이 경우도 해
당이 된다. 다만 소설과 현실이 정말 똑같은 것이라고 생각해서는

남의 첫 소설을 읽을 자격이 없다.(「스승들」)

「스승들」의 도입부에 각주 형태로 제시된 부분이다. 작가의 알리바이를 능청스럽게 늘어놓으면서, '소설을 위한 시도' 과정을 보여주고, 그러면서도 독자들에게 소설적 허구와 현실적 실제의 차이를 읽어줄 것을 주문한다. 이 경우도 작가는 이런저런 트릭으로 소설과 현실의 차이를 강조하고 있지만, 독자의 입장에서는 그 경계가 매우 모호함을 감지하지 않을 수 없다. 그에게 있어 거짓말과 참말의 경계는 거의 미미하다.

이런 트릭, 저런 흐리기 어법이 성석제 소설의 재미를 배가시킨다. 농담이나 말놀음 또한 마찬가지다. 능청과 해학, 허풍과 과장의 자유로운 말놀음들로 이야기하는 즐거움이나 쾌락을 십분 만끽하는 그의 소설에서 농담은 완고한 현실원칙의 틀을 자유롭게 넘어선다. 현실원칙의 검열이나 억압으로부터 비켜나기 위해 압축이나 대치 기제로서 농담을 즐겨 채용하는데, 이는 서사적 꿈작업의 일환이다. 농담으로 리비도의 경쾌한 탈주를 도모하여 발랄한 감수성에 신명을 지핀다. 엄숙한 이성과 의식의 세계는 뒷걸음질치며 승화된 리비도의 에너지에 힙입어 반성의 계기들이 촉발된다. 나아가 그 활달한 언어 유희 속에서 작가의 자유와 독자의 해방감은 서로 어울리며 고조된다. 뭇 타자들을 두루 껴안는 이야기판은 곧 열린 연행 공간이 되어 난장처럼 놀아난다. 그 놀이판에서라면 견딜 수 없는 현실적 존재의 무거움조차 무게를 덜 수 있다. 삶과 사람의 의식은 새로운 활력을 되찾게 된다. 오랫동안 억눌렸던 끈적끈적하거나 촉촉한 기운을 되지펴 얻어낸 썩 괜찮은 활력이다. 아울러 부담없이 가볍게 웃으면서 신명나게 한판 놀고 난 다음, 우리는 성석제의 말놀이판 끝자락에서 삶의 근원적인 페이소스를 발견하게 된다. 그 페이소스로 삶을 다시 추스르거나 혹은 삶에 대한 결코 가볍지만은 않은 나름의 명상을 얻게 된다. 그 또한 성석제의 열린 텍스트에서 상호 수행의 과정을 통해 얻을 수 있는 자유로운 즐거움이다.

농담, 그 둥근 환상環狀의 수사학

말로 유희하고 이야기로 향유하면서 감각의 지도를 바꾸어나가기를 욕망하는 성석제의 새로운 텍스트인『호랑이를 봤다』는 둥근 농담의 담론으로 구축되어 있다. 이 소설에는 모두 41개로 분절된 에피소드 형태의 이야기들이 다채롭게 펼쳐진다. 각 절

에는 「물레방아가 돌던 마을에 사는 어느 노인의 이야기」 「부도
난 남편 덕에 부도를 면한 부인의 이야기」 「염소 치는 사람에게
바가지를 쓴 어느 월급쟁이의 이야기」 등과 같은 절 제목들이 붙
어 있다. 이런 제목들이 시사하듯 그야말로 항간에 떠도는 자질
구레한 이야기들을 모아놓은 것이다. 이런저런 이야기들이 무잡
스럽게 편집되어 있어서 언뜻 보기에는 텍스트 구성상의 고려
같은 담론의 질서를 찾기가 매우 곤란한 형국이다. 그도 그럴 것
이 일단 소설 전체를 관통하는 주主 행위자와 역逆 행위자를 발
견할 수 없을 뿐만 아니라, 사건의 선조적 흐름도 읽어낼 수 없
기 때문이다. 여러 인물군상들의 에피소드들을 조합하여 나름대
로 혼돈 속의 질서를 발견하는 것은 상당 부분 독자에게 위임되
어 있다. 게다가 독자가 이 소설에서 나름의 질서와 의미를 발견
하기를 작가 입장에서 바라는 것 같지도 않다. '보이지 않는 입'
에 의한 이야기의 방임 상태가 어지간하다. 어떤 독자들에게는,
이 정도의 이야기라면 나도 얼마든지 할 수 있다, 하룻밤 술자리
에서 얼마든지 쏟아낼 수 있다는 생각마저 들게 할 정도이다.

　해설을 쓰고 있는 나의 입장에서는 이런 생각이 든다. 성석제
의 어법을 빌려 그 생각들을 옮겨놓자면 이렇다. 이 소설을 어떻
게 읽든 그건 전적으로 내 마음이다, 그 결과에 대해 작가 성석

제가 뭐라고 탓하거나 서운해할 필요도 없고 이의를 제기할 필요도 없고, 그래서도 안 된다, 설령 당신이 어리석게도 서운해하거나 이의를 제기한다고 하더라도 나로서는 어쩔 수 없는 노릇이다, 작가인 당신이 글쓰기 공간에서 놀아나듯 나도 글읽기 공간에서 놀면서 내 나름의 글쓰기 유희를 즐기면 그뿐이다, 그렇지 않은가, 당신이 소설 놀이판에 내놓은 『호랑이를 봤다』는 이미 당신만의 것이 아니다, 나는 나의 『호랑이를 봤다』를 써나가면 그뿐이다, 그게 놀이판에 나온 『호랑이를 봤다』의 운명이다, 작가인 당신도 독자인 나도 그 운명에서 자유로울 수 없다, 그런데 사실 나는 당신에게 전화를 걸 뻔했다, 당신의 『호랑이를 봤다』에 대해 몇 가지 물어볼 뻔했다, 나로서는 한 번도 해본 적이 없는 일이었다, 그래서 망설였다, 송수화기를 들고 만지작거리기도 했지만 결국 그만두었다, 내가 어리석게도 전화를 걸어 당신한테, 도대체 무슨 얘기를 쓴 거요? 라고 물어본다 한들 당신이 정색을 하고 대답을 하겠는가, 공연히 어색한 장면을 연출하지 않는 게 서로 좋겠다고 생각했다…….

혼돈 속에서 질서를 발견하고자 하는 것은 비평가의 고질병인지도 모른다. 그러나 읽은 것을 말하고 쓰는 과정에서 그것은 불가피한 운명이기도 하다. 크게 보아 우선 작가가 드러내고 있는 이야기 구성의 곤혹스러움이 눈에 띤다. 소설의 처음과 마지막이 소설가의 이야기로 되어 있다. 시작 부분에 등장하는 소설가는 목련꽃 이야기를 둘러대며 소설이 쓰여지지 않음을 토로한다. 마지막 부분에서 그는 원고료를 선불로 받은 출판사의 편집장으로터 옷을 벗고 곤장을 맞으라는 위협을 당하는 악몽을 꾼다. 그리고는 눈물을 머금고 『호랑이를 봤다』라는 소설을 써나가기 시작한다. 원래 구상했던 소설의 첫 부분을 마지막으로 돌려놓은 것처럼 보이는 결미 부분은, 그러므로 시작이자 끝이다. 혹은 시작도 아니고 끝도 아니다. 어쨌거나 호랑이에게 쫓기는, 그래서 눈물을 흘리는 마지막 부분의 나그네의 초상에서 작가 자신의 처지를 읽어내는 것은 그다지 어려운 일이 아니다. 여기서 나그네는 왜 쫓기는가? 경계선의 순간적 비밀을 간파하고 있기 때문이 아닐까? 가령 "사람이 사람을 초월한 경지에서 사람으로 건너오는 경계선에 서는 순간. 짐승과 성자의 영혼과 개밥과 도토리가 뒤섞여 있어 '인간적'이라고 부르는 색계色界를 돌아보는 그 순간. 극한을 추구하고 있지만 그 극한이 자신의 능력을 넘어선 아득한 경지에 있어 도달하지 못하고 실패할 수도 있겠다는 사념이 침범하는 그 순간. 떠나온 그 세계를 다시 바라볼 수 있는 마지막 순간"(「소설가의 노트북에 들어 있는 이야기」, 『호랑이를 봤다』부분)을 응시하고, "웃을 수도 없고 울 수도 없는 그 경계선. 꿈도 아니고 생시도 아닌 경계선. 중도 아니고 속도 아닌, 성스러움과 속됨의 경계선"을 성찰할 때 나그네가 무엇을 어떻게 할 수 있을 것인가? 그 순간에 나그네가 호랑이에게 쫓기기 시작했다고 이 소설의 서술자는 진술하고 있다. '인간적'이라고 부르는 그 경계에서 나그네가 본 것은 혹시 혼돈의 진실이 아니었을까. 질서정연한 판단이 거부되고 인식의 지향이 단절되는 그 경험으로 인해, 그런 현실로부터 쫓기게 된 것이 아니었을까. 이 나그네의 처지에서, 앞서 말한 대로, 요즘 작가의 초상을 발견한다면 다소 비약이 될지도 모른다. 인과관계가 와해된 듯 보이는 현실이라는 하부구조에서 나름의 기승전결의 구성을 갖춘 서사 담론으로서의 상부구조를 작가가 구축하기란 참으로 곤혹스러운 일이 아닐 수 없을 것이다. 서사의 와해, 이야기 구조의 해체가 단순한 수사의 차원이 아니게 된 현실에서 작가의 곤혹스러움은 우리가 익히 짐작하는 바가 아니던가. 그러기에 "데굴데굴 데굴데굴" "드럼통처럼 구르고" 또 구르는 나그네처럼, 이 소설에서의 소설가 역시 구르는 행태를 감수하지 않을 수 없었던 것처럼 보인다.

그토록 데굴데굴 구르면서 흘러나온 나그네의 눈물을 통해 소설 속의 소설가는 정신없이 돌고 도는 세상살이의 풍속을 스펙터클처럼 잡아낸다. 그러기에 이 소설에서 둥근 환상環狀의 구조는 몇 겹으로 겹쳐져 있다. ① 전체 서술 구조의 차원, ② 이야기 연쇄의 차원, ③ 인물들의 행위와 운명의 차원, ④ 의미론의 차원 등에서 그러하다. 먼저 전체 서술 구조의 차원에서 둥근 원환을 그려볼 수 있다. 앞에서도 말했지만 성석제의 소설들은 대개 선적인 전개 방식을 취하지 않는다. 이런 그의 소설 담론 특성이 『호랑이를 봤다』에서는 더욱 파격적으로 펼쳐진다. 각 절의 이야기들이 부분의 독자성을 실현하면서 나름의 의미 연관을 시도하고 있기 때문이다. 처음 – 중간 – 끝이라는 전통적인 플롯선에서 벗어난 이야기들이 명멸하는 가운데, 끝은 다시 시작이 된다. 구상했던 소설의 처음을 끝에 배치한 것으로 보이는 마지막 부분의 파격은 그런 점에서 둥근 원환을 형성하는 대단히 중요한 기제가 된다. 직선이나 와선이 아닌 원에서 그 구성요소들의 순서는 별 의미를 지니지 못한다. 이 소설이 구축한 성석제의 원의 형상이 바로 그런 경우다. 그야말로 돌고 도는 이야기의 영원한 순환 양상이 전체 서술 구조의 특성을 이루고 있는 셈이다. 두번째로 각 이야기 연쇄의 차원에서도 마찬가지다. 소설가의 이야기 내부에서 이용원의 이야기를 생산하고, 이용원의 이야기가 물레방아 이야기를 생산한다. 물레방아 이야기가 다시 물레방아가 돌던 마을에 사는 노인의 이야기로 이어지고, 다시 물레방아가 있는 마을로 도망쳤던 청년의 이야기로 이어진다. 이런 식으로 각 절의 이야기들은 물고 물리는 관계에 있다. 이때 연쇄고리는 물레방아 같은 장소 지표일 수도 있고, 이용원 같은 인물 표지일 수도 있다. 그것들은 때로는 환유 관계로, 때로는 은유 관계로 호응된다. 의미 연관이 강할 수도 있지만, 아주 희미하게 얽힐 수도 있다. 아무려나 어떤 경우든 작가 성석제의 자유 연상, 혹은 농담의 말놀음에 의해 이야기 연쇄들은 둥근 원을 그리며 돌고 돈다. 돌고 돌면서 이용원의 이야기가 다채롭게 변주된다. 그런 가운데 이야기는 둥근 원을 그린다. 성석제의 이야기 원에서 가장 초점이 되는 인물 중의 하나가 소설가의 친구인 이용원이란 인물인데, 그는 이야기 전편에 두루 편재하면서 동시에 부재하는 인물이기도 하다. 이용원이라는 이름이 직접 제시되지 않고 '그' '그 친구' '사나이' 등으로 불리는 이야기들에서, 그는 이용원일 수도 있고 아닐 수도 있다. 이용원이어도 좋고 아니어도 좋다. 하지만 이용원처럼 보이는 여러 인물들의 출몰은 이야기 연쇄에 도움을 주는 것은 사실이다.

셋째, 인물들의 행위와 운명의 차원에서 둥근 원환의 구조를 발견하는 것은 그다지 어렵지 않다. 대개의 인물들은 매우 희극적일 정도로 인생유전과 변신의 역정을 체험한다. 아무래도 대표적인 인물은 소설가의 친구로 제시되는 이용원이다. 가령 다음 부분을 보자.

그는 몇 달 만에, 혹은 몇 년 만에 새로 연락을 할 때는 언제나 새로운 아이템을 들고 나왔다. 달라지지 않는 것은 '돌겠다'는 그 말. 청년시절 과묵하던 그는 어떤 일을 하다가 참을 수 없을 지경이 되면, 혹은 일이 망가져서 도저히 복구할 수 없게 되면, '돌겠다'고 나지막이 중얼거리곤 다시 처음부터 일을 시작하곤 했다. 그의 일이 점점 범위가 커지고 그 자신이 분망해지면서 그의 '돌겠다'는 바쁘다, 숨이 차다라는 뜻으로 달라졌다. 이어서 '돌겠네, 돌겠구만, 돌아버릴 거야, 돌고 있어, 돌게, 돌지도 모르겠어, 돌면 어떡해, 돌아봐, 돌다 보면 알 거야' 등등의 변용 내지 분화가 나타났다. 그는 지금 다시 돌기 시작한 것이다. 아득한 천체가 돌고 은하가 돌고 우리가 돌고 인생이 돌고 팔랑개비, 물레방아가 돌듯이.(「시답잖은 소설가의 이어지는 이야기」 부분)

위의 따온 부분에서 '돈다' '돌겠다'는 말은 중의적으로 쓰인다. 일이 망가졌을 때 심리적 광기에 근접한 상태를 지시하는가 하면, 바빠서 힘들다는 뜻을 의미하기도 한다. 또 무엇보다도 '돌겠다'는 말을 즐겨 쓰는 이용원이란 인물 자체가 돌고 도는 인물임을 분명하게 시사하는 데 기능하는 언어이기도 하다. "돌겠네, 돌겠구만, 돌아버릴 거야, 돌고 있어, 돌게, 돌지도 모르겠어, 돌면 어떡해, 돌아봐, 돌다 보면 알 거야"와 같은 말의 변주가 뚜렷이 보여주는 것처럼, 확실히 이용원의 인생 역정은 돌고 도는 것으로 점철되어 있는 것처럼 보인다. 그의 시도 – 좌절 – 새로운 시도 – 좌절의 연쇄는 그야말로 팔랑개비 돌아가듯 돌고 돈 것이었다. 이용원처럼 보이기도 하고 아닌 것 같기도 한 인물의 초상 중에 3년 전에 달팽이를 팔다가 망해서 흑염소를 키우다가 다시 오리 장수로 변신한 인물이 나온다. "그 달팽이며 흑염소들은 모두 어떻게 했느냐"고 묻자, "놀랍게도 그는 달팽이나 흑염소가 어디로 갔는지 모르는 것은 물론, 달팽이나 흑염소가 어떤 효능을 가지고 있는지에 관해 두 가지도 기억하지 못했다. 그의 결론은 지상의 그 어느 가축, 물고기, 안주, 요리도 오리에 비하면 쓰레기나 다름없다는 것이었다."(「하루 저녁에 오리라는 말을 오백 번 들은 월급쟁이의 이야기」) 이쯤 되면 그의 인생유전도 가히 어지간한 셈이다. 다른 인물들의 경우도 사정은 엇비슷하다. 자식이 아홉이나 되는 집안의 장녀도 그렇고, 팔도 홍길동도 특히 그렇다. 부도난 남편 덕에 부도를 면한 부인의 경우도 마찬가지다. 부업 상담 전문 컨설턴트 박대통 소장도 다르지 않다. 장사에 도를 튼 남편도 같은 경우다. 그들은 인생유전을 경험하는 가운데 새옹지마塞翁之馬 고사에서 위안을 얻기도 하고, 또 때로는 아기족을 취급한 술집 주인의 이야기("그런데 한 가지 신기한 건 있소. 그렇게 망하고도 자기 잘못으로 망했다는 사람은 없단 말이요.")처럼 허위적인 자기 합리화에 급급해하기도 한다. 때로는 구멍가게를 하다가 부도를 낸 여자의 이야기("마지막으로 할말, 아이들이 보고 싶다. 애들아, 사랑한다. 엄마가 먼저 가지만 너희들은 씩씩하게 커야 한다. 보육원 원장 선생님, 우리 아이들 잘 부탁합니다⋯⋯.")처럼 어두운 페이소스를 지피기도 한다.

인물의 행위와 의식의 측면에서 주목되는 것 중의 하나가 '속임-속음'의 관계이다. 그런데 이 속고 속이는 관계는 대체로 교환되는 양상을 보인다. 즉 어느 한 행위자가 일방적으로 속임을 당하거나 속이는 행위만을 담당하는 것이 아니라는 점이다. 한 인물은 속고 속이는 두 기능을 동시에 담당하는 경우가 많아서 교환적 둥근 원을 형성케 한다. 「어느 소설가의 시답잖은 이야기」에서 소설가 강현수는 집에 있으면서도 전화를 받지 않는 것으로써 속임의 주체가 된다. 그러다가 속임의 주체가 되기를 거부하는 이용원에 의해 속임을 포기하고 전화를 받는다. 「시답잖은 소설가의 이어지는 이야기」에서 이용원이 새로운 사업 아이템을 말하자 소설가는 그것을 속임의 징후로 판단한다. "또 무슨 사기를 칠려고 그래?"라는 응수가 그것이다. 이렇게 인물들 사이의 '속임-속음'의 관계는 교환되는 것이다. 인생에 통달한 노부인과 이용원 사이의 관계도 그렇고, 대안이 없던 부인과 그 남편의 관계도 그다지 다르지 않다. 콘드로이틴 영업을 하는 과정에서 팔도 홍길동이나 식품공학 박사, 경리사원들의 관계도 그렇고, 속아서 카페를 산 사람의 이야기에서도 마찬가지다.

아차, 싶어서 따져봤더니 원래 장사가 안 되는 집이에요. 그 손님들은 다 동원한 손님들이고. 그런 사람들이 있대요. 손님인 척하는 아르바이트를 하는 사람들이죠. 중도금까지 줬는데 계약을 깰 수가 있나요. 무조건 안 된대죠. 내가 따지고 빌고 사정하고 결국 기절하니까 그 사람이 이런 말을 해줘요. 자기도 속아서 샀는데, 그 전 주인한테 듣기로는 자기가 세 번째로 당한 사람이래요. 그러니까 장마 오기 전에 나도 빨리 처분할 생각을 하라는 거죠. 복덕방 사람들만 배가 부르는 거야. 기가 막혀서. 그런데 요새는 아예 보러 오는 사람도 없어요. 나는 손님이 많을 이유가 없는 집에 손님이 들끓으면 다 그런 집이라고 짐작해요. 그 아르바이트생들을 쓸래도 손님이 와야죠, 손님이. 이런 걸 세상이 다 알면 큰일인데…… 장사판은 정말 아사리판이에요.(「속아서 카페를 산 사람의 이야기」 부분)

'속음'을 당한 전 주인은 새로 '속임'을 행한다. 네 번째로 당한 카페 현 주인은 새로운 '속임'을 도모한다. 이런 연쇄가 소설 도처에 펼쳐지면서 실타래처럼 복잡하게 얽힌 세상살이의 심층을 들추어낸다. 물론 일방적으로 '속음'을 당하는 억울한 인물들도 몇몇 있지만, 대체로는 '속임-속음'의 교환 회로의 자장 위에 놓인 인물들이라고 할 수 있다. 이 둥근 수레바퀴의 운명에서 그들은 별로 자유롭지 못하다.

그렇게 볼 때, 넷째, 소설 『호랑이를 봤다』의 의미론적 차원은 무엇인가? 과감하게 잘라 말해, 그것은 돌고 도는 보통사람들의 인생유전과 관련된다. 앞에서 본 인물들의 행위와 운명의 궤적에서 둥근 환상環狀을 보았거니와, 우리네 삶이란 이같이 돌고 도는 인생유전의 형식에서 크게 비껴날 수 없음에 대한 평범하면서도 평범하지만은 않은 삶의 의미를 거듭 숙고하게 해준다.

이런 환상의 의미론이 도출된다는 것은 소설을 써야겠다고 생각한 소설가의 노트북 화면에 무엇보다 먼저 우박처럼 찍힌 글자들이 다음과 같았다는 점에서도 확인 가능하다.

돈다. 물레가 돈다. 돈다. 지구가 돈다. 돈다. 은하가 돈다. 돈다. 시계가 돌고 전기구이 통닭이 돈다. 돈다. 팽이가 돈다. 달이 돈다. 물레방아가 돈다. 돈다. 인생이 돈다. 물레방아 인생이 돈다. 돈다. 돌고 돌고 돈다. 통째로 돈다. 그 무얼 찾으려고, 끝없는 꿈의 가도를 그 무엇을 찾으려고 도는 줄도 모르고 도느냐.(「소설가의 노트북 화면에 우박처럼 찍히는 글자들」)

여기서 우리는 두 가지 생각을 해볼 수 있다. 환상의 의미론은 돌고 도는 보통사람들의 인생유전에 관한 일종의 보고담이라는 것이 그 하나다. 이런 경우라면 "끝없는 꿈의 가도를 그 무엇을 찾으려고 도는 줄도 모르고 도는" 형상일 수도 있다. 다른 하나는 환상環狀의 의미론에 대한 환상幻想적인 해석의 측면이다. 처음에는 끝없는 꿈의 가도를 그 무엇을 찾으려고 도는 줄도 모르고 돌다가 차츰 돌고 도는 과정에서 각성을 지향하여 원융자재圓融自在한 환상環狀의 근원 우주를 추구할 수도 있겠다는 것이다.

소설의 끝부분에서 나그네에게 "자네, 호랭이를 봤구만"이라고 말하는 노인쯤 되면 이같은 의미론을 담당할 수 있지 않겠는가. 하지만 이 둘 역시 교환 가능하며, 둥글게 순환할 수 있는 것이 아니겠는가.

풍자의 담론과 농담의 담론

성석제가 다룬 환상의 의미론에 대해서 약간의 부연이 필요하다. 이 소설의 인생유전 혹은 변신의 담론이나 '속임–속음'의 관계 구조에서 우리가 일차적으로 발견할 수 있는 것은 가치의 부재 상황 혹은 가치 전도 상황에 대한 현장 검증이다. 그들은 대체로 진정한 가치에는 아랑곳없이 시장의 이데올로기와 교환 가치만을 좇는 데 급급해 있는 인물들로 제시된다. 어찌 보면 난장판처럼 보이기도 한다. 이런 난장판에 대한 직접적인 논평의 담론이 실제로 이 소설에 들어 있기도 하다.

이와 비슷하게 어지러운 속세의 판은 난장판으로 여러 사람이 뒤섞여서 마구 떠들어대서 누구 말이 옳은지 분간이 되지 않는 판이다. 가장 어찌할 수 없는 판은 개판으로 몹시 난잡하고 무질서하게 엉망인 상태를 이른다. 이전투구泥田鬪狗가 벌어지는 판이 바로 개판인 것이다. 어지러운 정도의 우열을 표시하면 이판사판<아사리판≤난장판<개판이 된다. 난장판과 개판 사이에는 '개판 5분전'이 있을 수 있다.

이판사판이나 아사리판은 그래도 종교적인 의미가 있어 수습이 가능하다고 한다면 난장판은 세속의 것이며 개판은 짐승의 몫이거나 판에도 못 미치는 것을 말한다. 우리의 막가는 정치판은 과연 어디에 속해 있는가.(「월간지《전원주택—하늘과 물, 바람과 시》의 주제넘은 편집인 권두언 '정치판을 다시 짜자' /판에 관한 이야기」 부분)

이쯤 되면 풍자의 담론에로 가까이 가는 것처럼 보이기도 한다. 그러나 소설 『호랑이를 봤다』 전체는 풍자의 담론을 포월한 농담의 담론에 가깝다. 한편으로 가치 부재 상황을 증거하고 비판적으로 풍자하면서도, 다른 한편에서 과연 어떤 가치가 있어 그것을 진정으로 비판하고 풍자할 수 있을 것인가를 반성하고 있는 작가의 태도 때문이다. 그런 까닭에 이 소설에서 풍자/비판의 주체와 대상의 구분이 명확하지 않다. 혹은 '속음 – 속임'의 관계가 교환될 수 있었듯이, 예의 '주체 – 대상'의 관계도 얼마든지 교환될 수 있다. 바로 이런 상황 혹은 이같은 혼돈의 순간을 작가 성석제는 응시하고 있는 것 같다. 풍자와 비판의 주체인 듯하면서 대상이기도 한 구도, 속음과 속임의 교환 양상, 이런 혼돈의 순간에는 고급한 농담의 담론이 효과적이라고 작가가 생각한 것처럼 보인다. 경계선의 순간에 서서 양면성을 뒤섞어 새로운 판을 만들기 위해서는 둥근 농담의 웃음이 필요하다는 인식 지평을 펼친 것으로 생각된다.

둥근 농담의 형식은 그냥 헛웃음만을 자아내는 데서 그치는 게 아니다. 성석제가 구축한 둥근 농담의 세계에서 우리는 웃으면서도 삶의 페이소스를 거듭 되뇌이게 된다. 이때 웃음과 페이소스는 상호 삼투되면서 탄력적으로 상호 긴장의 공간을 형성한다. 다시 말해, 가볍게 웃으면서도 페이소스가 기능하는 부정의 변증법에 의해 경박한 웃음에 떨어지지 않고, 페이소스에 대해 고뇌하면서도 웃음의 탄력과 긴장으로, 견딜 수 없는 존재의 무거움의 상태에서 방황하거나 침체의 늪에 빠지지 않을 수도 있다는 것이다. 이같은 담론의 순환, 환류 과정을 거치면서 둥근 농담은, 직선적 논리의 세계 내지 경직된 가치의 세계는 물론 그에 대한 비판적 담론의 직선성과 경직성에 대한 역설적 항의의 수사학으로 기능하게 된다.

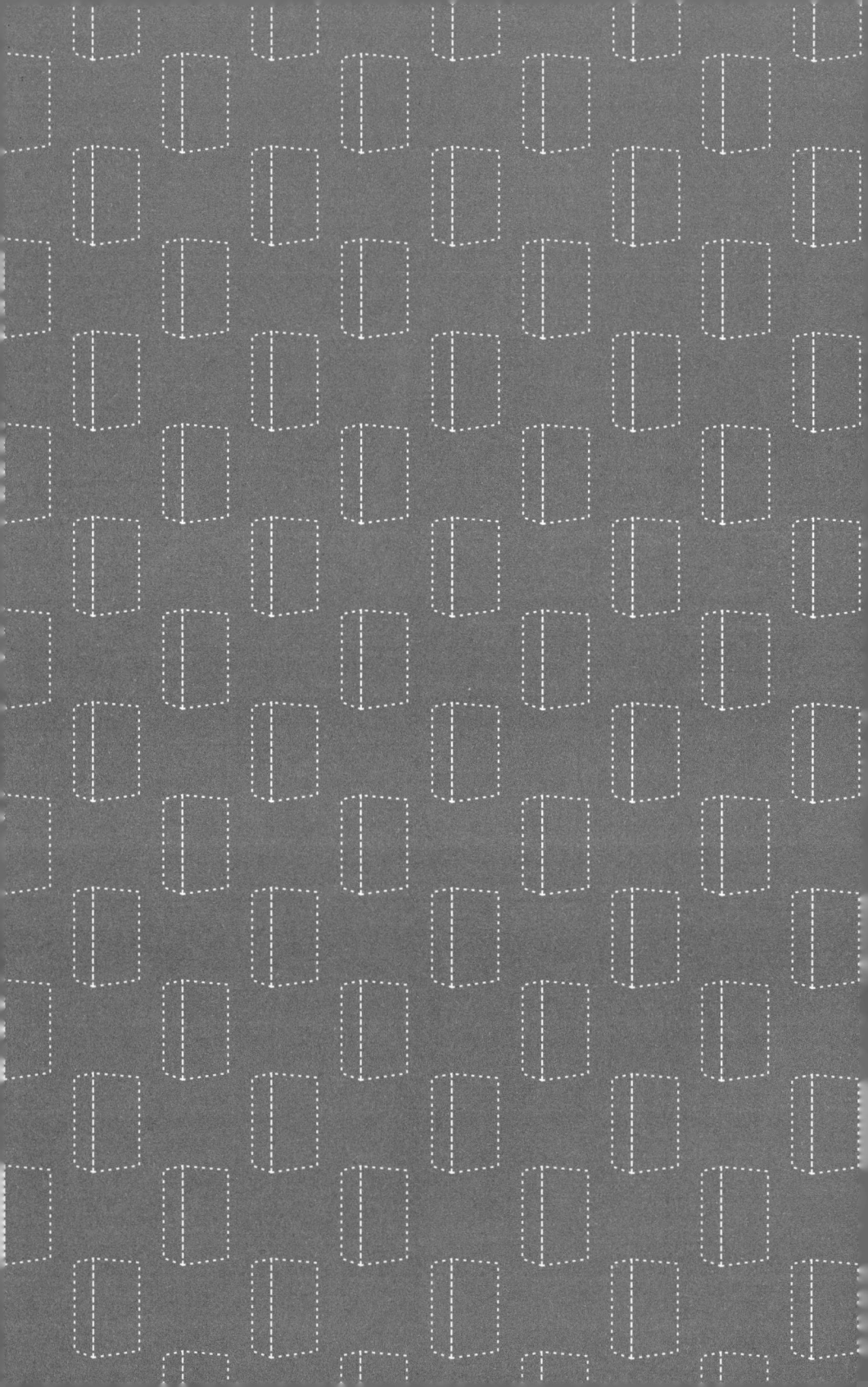